KRACHT

Cees van Roosmalen

KRACHT

Clavis

Andere boeken van Cees van Roosmalen bij Clavis

Uitblinkers
Zwaaien naar de maan

Cees van Roosmalen
Kracht

Tweede Druk 2012

© 2011 Clavis Uitgeverij, Hasselt – Amsterdam – New York
en de erven Cees van Roosmalen
Omslagontwerp: Studio Clavis
Trefw.: erbij horen, hooliganisme, familie
NUR 284
ISBN 978 90 448 1561 0
D/2011/4124/047

www.clavisbooks.com

DEEL EEN

HOOFDSTUK EEN

Rammen op die toetsen, ik kan ze niet meer zien. Weg met die piano! Gewoon kapotbeuken. De oorverdovende herrie in het pianokamertje dreunt door mijn kop. Dan is het stil. Pianospelen is niets voor mij. Ergens maar goed dat mama dood is, nu kan ze tenminste niet teleurgesteld in me zijn.

Achter mijn rug gaat de deur open.

'Ik begrijp dat je het moeilijk hebt, Niels,' zegt mijn tante, 'maar dit moet je niet doen. Hier is een piano niet voor.' Ze legt haar hand op mijn schouder. Ieder ander zou een enorme uitbrander hebben gekregen, maar mij ontziet ze, tegenover mij blijft ze poeslief. Wat een onzin! Er is iets met mama gebeurd, niet met mij! Ik wil die hand van mijn schouder slaan, maar ik hou me in.

'Ik ging net naar boven,' zeg ik.

De ingelijste foto van mama staat naast mijn bed. Hier is ze nog niet ziek, ze lacht. Toen nog wel. Ik staar naar haar gezicht. De tranen achter mijn ogen komen niet. Blijkbaar heb ik me de laatste maanden helemaal leeggehuild.

'Waar is Niels?' roept Amber beneden. Ze is blijkbaar in de tuin, want door de openstaande ramen kan ik elk woord verstaan.

'In de logeerkamer,' roept tante terug vanuit de keuken.

De logeerkamer. Ik woon al twee maanden bij mijn oom en tante en mijn nichtje Amber, maar deze kamer is niet *mijn* kamer. Overal hangen

7

en liggen er spullen van mij: discolampen, posters van coole films, stripboeken, transformers, mijn audio-installatie met dj-cd-speler en de doos met herinneringen aan mijn moeder. Ik weet dat ik mijn spullen ooit weer zal moeten inpakken. Oom Maarten en tante Petra proberen het me naar de zin te maken, maar ik mag hier niet blijven. Dat weet ik. Daar zijn ze duidelijk over.

Amber buigt over mijn schouder. Ik zet me schrap. Ze kan me elk moment kietelen of met me gaan stoeien. Sinds ik hier logeer, spaart ze me niet, ze is de enige die normaal tegen me doet. Niet voorzichtig als het om mama gaat. 'Mis je haar?' kan ze me zomaar ineens vragen, 'Ben je verdrietig?' of 'Stom van je moeder om je alleen achter te laten.'

Daar heb ik meer aan dan aan het meewarige knikken van de leraren op school. De rare troostzinnetjes van de buren. De zogenaamde opgewektheid van mijn moeders vrienden die me moed in willen spreken. Mijn eigen vrienden weten er helemaal geen raad mee, die doen of er niets is gebeurd. Of ze steken gauw de straat over als ik eraan kom.

Ambers korte haar kriebelt tegen mijn wang. Plotseling, toch nog onverwachts, knijpt ze in mijn zij. Op mijn stoel kronkelend weer ik haar af. Ze lacht en strijkt een paar keer snel door mijn haren, zodat de pieken alle kanten op steken.

'Amber?' Opnieuw de stem van tante Petra, nu van ergens halverwege de trap. 'Niet weer de hele tijd bij Niels blijven hangen. Denk aan je pianoles van morgen. Gauw gaan studeren.'

Amber houdt haar wijsvinger tegen haar lippen. Ze beweegt zich niet. 'Amber!' Tantes stem klinkt nu nog harder.

Amber steekt haar tong uit. Heel ver, alsof ze moet overgeven. Maar een paar seconden later loopt ze toch de kamer uit. De deur blijft open.

'Je vader belde net, Niels,' zegt tante. 'Hij wil volgende week komen.'

Mijn vader. Die mag van mij rustig wegblijven. Wat heb je aan een vader die een keer in de drie maanden ergens cola met je gaat drinken? Een vader die twee jaar na je geboorte met iemand anders is getrouwd? Ik heb geen hekel aan hem, ik kan alleen niet met hem overweg. Toch is hij hoe dan ook mijn vader. Al vanaf het moment dat je ontstaat, dus wanneer de eicel wordt bevrucht door de zaadcel, zoals de biologieleraar zegt, staat het vast wie je moeder en vader zijn. Vrienden kun je kiezen, familie niet. Als ik *wel* mijn moeder had kunnen uitkiezen, als alle moeders op een rij stonden en ik mocht er een tussenuit halen, dan was dat zeker de moeder geweest van wie ik nu een doos met spulletjes op mijn kamer heb.

Er is een stapel brieven die ze om een of andere reden heeft bewaard, wat sieraden, een haarborstel, een paar fotoalbums en nog wat prulletjes. Mijn kindertekeningen had ze ook bewaard, maar die heb ik niet meegenomen. Raar idee dat mama deze doos zelf voor me heeft ingepakt vlak voor ze doodging. Alleen de haarborstel zat er niet bij, die heb ik er zelf in gestopt. Ik haal hem eruit. Als ik mijn gezicht in haar zachte, blonde haren drukte, rook ze naar lavendel, dat herinner ik me nog goed. Waarom wordt de herinnering nou ineens verdrongen door het beeld van haar zieke gezicht, haar kale hoofd? Aan haar pruik heb ik nooit kunnen wennen. Waarom komen die rotbeelden weer tevoorschijn?

Ik hoor haar stem. Een paar weken voor ze doodging, kon ze niet meer zingen. Ze lag in bed in de woonkamer en ze neuriede alleen nog af en toe. Soms vroeg ze me een cd van Maria Callas of Janet Baker in de cd-speler te stoppen. Ze luisterde met haar ogen dicht. Dan keek ik naar haar. Die ene keer dat ik begon te trillen van angst, kan ik maar niet vergeten. Ze lag op bed naar een cd te luisteren, maar ik wist niet of ze nou van de muziek genoot, of sliep, of dood was. Het zweet brak me uit, misschien was ze ertussenuit gepiept, misschien was zomaar opeens het leven uit haar weggetrokken. Ik durfde het bijna niet, maar ik moest haar aanraken, ik moest weten of ze nog leefde. Terwijl de stem van Maria Callas door de kamer galmde, legde ik voorzichtig mijn hand op die van haar. Langzaam deed ze haar ogen open, ze glimlachte naar me. Ze heeft vast gedacht dat ik haar hand vastpakte omdat ik lief voor haar wilde zijn.

Ik leg de haarborstel op mijn bureau. Ik krijg het ineens warm. Hoe erg zou mama het vinden dat ik van pianoles af ben? Amber is veertien, maar net een jaar ouder dan ik, en toch kan zij veel beter pianospelen, terwijl zij niet eens een moeder heeft die op het conservatorium heeft gezeten.

Al ruim een uur is Amber in het pianokamertje. Komt ze nog terug om te computeren, huiswerk te maken of naar een dvd te kijken? Nu kan het nog!

Ik schop tegen de poot van mijn bed. Wat had Amber haar ouders ook weer horen zeggen? Ze hadden het over een pleeggezin. Ik durf er niet naar te vragen. Wie weet wat voor rottig antwoord ze geven.

'Pap en mam denken dat ze alles zomaar kunnen regelen,' zei Amber, 'maar ik laat je niet gaan. Ik verstop je gewoon onder mijn bed.'

Ze bedoelde het vast als een grapje, maar we konden er allebei niet om lachen. Wat zijn oom en tante met mij van plan? Waarom vertellen ze me niks?

Langzaam fiets ik door de buitenwijk waar ik vroeger met mijn vrienden speelde. Samen met Rens en Joris tekenen op de computer. De laatste keer had Joris een olifant getekend, waar Rens een kikker van had weten te maken, die ik daarna in een pinguïn veranderde. Altijd lachen als we bij elkaar waren. Op school zie ik ze nog elke dag, maar ze zeggen me amper gedag. Denken ze dat ik door mama's dood achterlijk ben geworden?

Harde radiomuziek en geluiden van bouwwerkzaamheden klinken op. Een paar seconden later passeer ik metselaars en dakwerkers, die in geraamten van huizen aan het werk zijn.

Ik ga langs nieuwe huizen, door nieuwe straten. Het is of ze me op het hart willen drukken: 'Dit is jouw wijk niet meer, jochie. Niets is meer zoals het was, begrijp dat nou eens.'

Na een bocht is de radiomuziek ineens verdwenen. Links en rechts schuiven nu bewoonde huizen voorbij. Wie weet zit er een tussen van een pleeggezin. Als mijn oom en tante me dan toch naar een pleeggezin willen doen, dan liever in de buurt. Dan kan ik tenminste op dezelfde school blijven. Rens en Joris zullen toch ooit wel weer hun mond opendoen tegen mij, dat moet gewoon.

In wat voor pleeggezin zal ik terechtkomen? Misschien is de pleegvader een bullebak en de pleegmoeder een kreng, zoals in sprookjes en films. Klinkt gek trouwens, *pleeg*vader en *pleeg*moeder. Moeilijk voor te stellen dat ik dat ooit uit mijn strot zal krijgen.

Algauw bereik ik mijn vroegere huis. Van een afstand gezien is er weinig aan veranderd. Ik heb de neiging om, zoals ik zo vaak heb gedaan, naar binnen te gaan en 'hoi' te roepen. Vanaf de overkant van de straat zie ik achter het raam twee mannen praten. Vreemd. Ze passen niet bij dit huis. Het zou normaal zijn als achter het glas het gezicht van mama schemert. Ik probeer me haar wazige gezicht in het raam voor te stellen, zoals ik het honderden keren heb gezien, maar het lukt niet.

Mijn vader noemt zichzelf een buitenmens. Daarom wandelt hij nu door de bossen. En daarom sjouw ik achter hem aan. De cola klotst in mijn maag, ik blijf maar boeren. Zoals altijd tijdens onze driemaandelijkse uitstapjes hebben we in een café wat gedronken.

Het is me echt een raadsel waarom hij en mama ooit verkering hebben gekregen. Misschien omdat mama ook van de natuur hield? Toen ze erg ziek was, kreeg ze van iedereen bloemen en ze was er elke keer weer blij mee, ook al stond de hele kamer vol met rozen, fresia's, narcissen …

Papa wijst naar een struik waarachter iets voorbijschiet. 'Kijk daar eens, joh … een eekhoorn!'

Sjonge, echt boeiend. Ik heb mijn vader lang niet gezien, alleen even op mama's begrafenis. Na al die maanden wordt het natuurlijk hoog tijd om het over eekhoorns te hebben.

11

Ik blijf niet staan staren naar de eekhoorn, maar loop gewoon verder. Ik kan me niet voorstellen dat hij niet ook aan mama denkt. Ik ben tenslotte *hun* zoon.

Shit, struikel ik bijna over zo'n boomwortel die over het bospad ligt. Lekker, die natuur.

Hoe zou dat tussen papa en die zoon van zijn nieuwe vrouw gaan? Zou hij met hem *wel* praten? Ik weet helemaal niks van die jongen, alleen maar dat hij zes jaar ouder is dan ik en Ricardo heet. Amber heeft me eens gevraagd: 'Zou je bij je vader willen wonen?' Natuurlijk niet! De gedachte alleen al, verschrikkelijk. Dan nog liever in een pleeggezin. Zo'n gezin wil tenminste dat ik kom, de vrouw van papa niet. Dat mens moet me niet. En papa? Als hij graag heeft dat ik bij hem ben, dan weet hij dat verrekte goed te verbergen. Ik heb niks bij hem te zoeken. Laat hem maar lekker een eind van me vandaan wonen. Dan blijf ik zo dicht mogelijk bij Amber en bij Rens en Joris.

Ergens rijdt er een trein door het bos, het monotone gesuis overstemt een aantal seconden het geritsel van bladeren, het gefluit van vogeltjes en dat soort bosgeluiden.

Ik vertraag mijn pas, totdat papa weer naast me loopt. We zwijgen.

'Weet jij wanneer ik naar een pleeggezin moet?' De woorden komen zomaar ineens uit mijn mond.

Hij kijkt naar de grond. Bijna nooit stel ik hem een vraag. Je zou verwachten dat hij geschrokken in de struiken zou vallen. Niks daarvan, het enige wat hij doet, is rustig naar het pad staren.

'Er staat nu nog niks vast over een pleeggezin, joh,' zegt hij. 'De jeugdzorg probeert het zo goed mogelijk te regelen.'

Zo goed mogelijk. Voor wie? Voor mij? Waarom heb ik dan niks in te brengen?

'Die mensen van zo'n pleeggezin, wat moet ik tegen ze zeggen? Ik ken ze helemaal niet,' zeg ik.

Hij geeft geen antwoord.

Met mijn linkerhand – de hand die hij niet kan zien – maak ik een vuist.

'Die Ricardo en jij ... was dat meteen gezellig dan?'

'Hoe bedoel je?'

'Jij ging naar het gezin van die Ricardo, ik moet naar een pleeggezin.'

'Jongen, ik zei toch dat er nog niks is beslist over een pleeggezin. Ga nou geen gekke dingen in je hoofd halen.' Met een geconcentreerde blik tuurt hij naar rechts. Hij ziet vast weer iets bijzonders: een uil, een egel. Of misschien een struisvogel.

Ik draai me om. Ik ga naar huis, nou ja, naar Amber.

Ontelbare keren kan Amber een pianostukje repeteren. Steeds weer hetzelfde, tot ik het niet meer kan horen. Dan zet ik de koptelefoon van mijn computer op en ga ik muziek mixen. Volgens Amber kan ze nooit wat met haar vriendinnen afspreken, omdat ze altijd piano moet spelen. Ik weet hoe dat voelt. Toen mama ziek was en dag en nacht in de huiskamer op bed lag, baalde ik er dikwijls van dat Rens en Joris niet meer langs konden komen. In die tijd heb ik een keer voor de dichte deur van de huiskamer gewenst dat mama er niet meer zou zijn als ik naar binnen ging. Later, toen ze barstte van de pijn en haar dood elke dag dichterbij kwam, kon ik mezelf wel opvreten van spijt dat ik ooit zoiets gemeens had gedacht.

Omdat mijn oom en tante vanavond niet thuis zijn, heeft Amber stiekem twee vriendinnen uitgenodigd. 'Doe je mee, Niels? Zorg jij voor de muziek?' Terwijl ik mijn computer in de woonkamer installeer, giechelen ze in de badkamer.

Plotseling komt het gegiechel de trap af en nadert het de woonkamer. Snel mijn haar extra in de war doen, mijn koptelefoon opzetten en proberen zo nonchalant mogelijk bij de eettafel te staan. De deur gaat open. Amber en haar vriendinnen dragen alle drie een topje en een kort rokje. Hun gezichten zien er heel anders uit dan voor ze zich opsloten in de badkamer. Er zit veel oogschaduw, blush en lippenstift op. Ik vind ze prachtig, maar het lijkt of ze mij niet zien. Ze ploffen op de bank en kletsen maar door. Ik laat mijn koptelefoon op, maar zet de muziek af. Ze praten door elkaar. Ik kan er niks van verstaan. De een doet nog opgefokter dan de ander.

Ik staar naar Nina. Ze zit nu rechtop op de bank, met haar vingertoppen drukt ze bij haar slapen tegen haar rode haren. Ze schraapt haar keel en lijkt ergens over te aarzelen. Ineens staat ze op. Een uur geleden is ze zonder borstjes binnengekomen, dat weet ik heel zeker. Maar nu heeft ze er wat zitten, vast een opgevulde beha. Ze loopt naar me toe. Nu niet naar die nepborsten kijken. Ze komt bij me staan. Ik beweeg de muis van mijn computer over de eettafel.

'Wat ben je aan het doen?' vraagt ze.

Ik laat de koptelefoon van mijn oren zakken. 'Plaatjes aan het mixen.'

'Zonder draaitafels?'

'Leef jij soms nog in het jaar nul? Mixen kun je ook met de computer. Wacht, ik zal het je laten zien.' Ik zet de boxen aan en haal op het beeldscherm twee virtuele draaitafels tevoorschijn.

'Doe jij soms mee aan die dj-contest?' vraagt ze.

'Wat?'

'Die wedstrijd voor dj's, in het jongerencentrum. Mijn broer zit bij de organisatie.'

'Wanneer?'

Ze haalt haar schouders op. 'Over een paar weken, geloof ik.'

Neemt ze me in de maling? Voor zo'n contest moet je minstens zestien zijn. Of schat ze me al zo oud? Ik laat haar in de waan, het voelt goed.

Ineens kijkt ze me diep in de ogen. 'Voel je je rot?'

'Nee. Wat bedoel je?'

Blozend slaat ze haar ogen even neer. 'Nou … je moeder … je weet wel.'

Natuurlijk denkt Nina als ze me ziet aan mijn moeder. Iedereen schijnt dat te doen. Alsof ik mijn moeder, met kist en al, op mijn rug meesjouw. Uit alle macht knijp ik in de zijkant van de muis. Ik wil schreeuwen.

'O,' zeg ik, 'omdat mijn moeder dood is, kan ik geen leuke avond meer hebben?'

'Nina, doe niet zo raar,' roept Amber. Ze pakt haar vriendin vast. Samen springen ze op het ritme van mijn beats. Langzaam voer ik het volume op. Hoewel het een rustige plaat is, dansen ze alsof ze nu al wild zijn. Plotseling vliegen er blokjes kaas door de lucht. Amber blijft staan.

'Ruimen we straks wel op,' roept ze. Als Amber zo kijkt, lijkt ze op mijn moeder. Een keer lag ik op de bank naar mama's pianospel te luisteren toen de telefoon ging. Ze trok haar wenkbrauwen op en keek heel even met een blik van: niets om je druk over te maken. Er kwamen kuiltjes in haar wangen omdat ze even naar mij glimlachte. Ze speelde gewoon door.

De drie meiden gaan nu helemaal uit hun dak. Ze springen op en neer op de bank en op de kuipstoelen. Ik draai de lage tonen weg en breng een echo in.

'I wanna hear you make some noise!' roep ik in de microfoon. Alles gaat perfect. Niet meer aan pleeggezinnen denken.

Het werkt, ze beginnen nu te gillen en met hun handen hoog in de lucht te slaan. Een van de kuipstoelen kiepert om. Amber zet een fles bier aan haar lippen.

Even later geeft ze de fles aan mij. Ik neem een slok, maar het kost me de grootste moeite om die niet meteen weer uit te spugen. Het smaakt bitter. Gauw duw ik de fles terug in Ambers hand. Ik doe de koptelefoon weer over mijn oren en luister naar het tempo van de volgende plaat. Ik hoor niks anders dan de muziek.

Vanuit mijn ooghoek zie ik vaag iets bewegen, maar het is niet een van de meiden. Ik kijk opzij en schrik. Totaal onverwachts komen tante Petra en oom Maarten de kamer in lopen. Meteen zet ik het geluid uit.

'Wat is hier aan de hand?' zegt tante.

Niemand geeft antwoord. Een diep gevoel van schaamte golft door mij heen, niet vanwege de puinhoop in de kamer, maar omdat ik als een klein, betrapt kind niks weet te zeggen. De twee vriendinnen van Amber staren

15

naar hun schoenen. Op het moment dat ze even opkijken, zegt tante: 'Zoals jullie hebben huisgehouden, dat doe je maar thuis!'

Aarzelend lopen de twee naar de deur.

'Zie je later,' zegt Nina zachtjes.

Met een kleine handbeweging zwaait Amber terug.

Tante Petra richt zich tot haar. 'Dit is toch ongelooflijk. Vertrouwen we jou om alleen thuis te zijn. Komen we terug, is het een bende van je welste! Ben je nou helemaal gek geworden?'

Alle schuld schuift ze in de schoenen van Amber. Ik sta niet te springen om van mijn tante op mijn kop te krijgen, maar dat constante gevoel er niet bij te horen, daar word ik gek van. In de tijd dat mijn moeder nog niet ziek was, zou ik vast een donderpreek hebben gekregen. Ik woon hier voor spek en bonen. Waarom zijn de dingen niet gewoon zoals vroeger?

'Ik wist niet dat jullie zo vroeg thuis zouden komen,' zegt Amber.

Tante raapt een paar blokjes kaas op. 'Dat heeft er niets mee te maken. Noem je dit Bach instuderen? Je hoort dit niet te doen. Dat weet je best.'

'Nou, meisje,' zegt mijn oom tegen Amber, 'ruim alles nu maar gauw op.'

Ik stap naar voren. 'Sorry dat het ...'

'Het is oké, Niels. Ga jij maar naar de logeerkamer,' zegt oom.

'Maar Amber heeft het niet alleen gedaan. Ik was er ook bij.'

'Tuttuttut,' tantes stem klinkt nu zachter, 'je hoeft het niet voor haar op te nemen, Niels. Amber heeft zelf de ravage aangericht.'

Ik zou iemand een klap willen geven. 'Belachelijk,' schreeuw ik. 'Het is hier altijd hetzelfde. Stuur me maar naar een pleeggezin als ik er toch niet bij hoor.' Ik kniel naast Amber om de kaas op te rapen.

Het is al een paar dagen geleden dat ik 'Stuur me maar naar een pleeggezin' heb geroepen. Nog altijd kan ik mijn excuses aanbieden, maar op een of andere manier lukt het me niet. Niet dat mijn oom en mijn tante erom vragen. Integendeel, ze doen als altijd tegen me: vriendelijk en aardig, alsof er niks is gebeurd.

Blijkbaar kun je makkelijker wennen aan dingen dan aan mensen. Ik baal van de mensen, maar aan het huis ben ik allang gewend. Ik verbaas me niet meer over de grote kamers en de diepe tuin. Vroeger bij mama stond de piano in de huiskamer, maar hier is een aparte pianokamer.

Omdat Amber huisarrest heeft, hou ik haar gezelschap. Ik zit naast haar achter de vleugel. Terwijl ze speelt, kijk ik naar de crèmekleurige gordijnen. Ze zijn nieuw, ik ruik ze. Ineens mis ik de geur van de huiskamer waarin mama's bed stond. Een mengeling van vanille en lavendel. Hoe zieker mama werd, hoe meer geurkaarsen ze aanstak en hoe meer parfum ze gebruikte. Ik herinner me dat ik in die tijd enorm graag foutloos piano voor haar had gespeeld, maar in plaats daarvan maakte ik juist de ene blunder na de andere. Misschien had ik voor haar beter cd's aan elkaar kunnen mixen, dat kan ik tenminste. Amber en haar vriendinnen gingen tenslotte helemaal uit hun dak toen ik de dj was. Op de site van het jongerencentrum heb ik gelezen dat je vanaf twaalf jaar aan de contest kan deelnemen. Misschien moet ik me maar opgeven. Dan kan ik laten zien waartoe ik in staat ben. Aan honderden, misschien wel duizenden mensen. Vanuit een andere wereld zal mama het misschien ook zien en alsnog trots op me zijn.

Om goed voor de dag te komen op de contest moet ik me zo veel mogelijk voorbereiden. Cd's uitkiezen voor mijn set en oefenen. Het moet perfect worden, ik wil niet voor schut staan. Vooral het scratchen gaat nog fout. Als ik met mijn hand de draaischijf op de cd-speler indruk en de muziek snel vooruitbeweeg, schiet ik te ver door of kom ik niet ver genoeg. Dan klinkt het echt voor geen meter. Het publiek zal me uitfluiten.

Ik draai aan de tempoknop, het geluid in mijn koptelefoon versnelt. Nu mixen en het goede moment afwachten om te scratchen.

Plotseling komt tante Petra binnen. Ik zet het volume lager.

'Niels, wil je even naar beneden komen? Je oom en ik willen iets met je bespreken.'

'Kan dat niet een andere keer?'

'Nee, je oom moet dadelijk naar een collega. En het is belangrijk.'

Veel langzamer dan mijn tante loop ik naar beneden. Hier heb ik het niet op.

Met de afstandsbediening van de tv in de hand zit oom Maarten midden op de bank. Hij drukt op de uit-knop. Ineens is het nog stiller dan bij een begrafenis. Dat belooft niet veel goeds.

Ik blijf staan. 'Is er iets? Waarom moet ik komen?'

In de kuipstoel buigt tante Petra naar voren, ze pakt de krant van het tafeltje en gooit hem in de krantenbak. Ze kijkt me niet aan. 'Ga maar even zitten, Niels.'

Ik doe wat ze zegt, maar voel me niet op mijn gemak.

'We moeten je iets vertellen, maar we weten niet of je het leuk vindt.' Met een vingertop schiet oom Maarten een pluisje van zijn broek weg. 'We hebben regelmatig contact gehad met medewerkers van jeugdzorg.'

Ik schrik. Ik grijp de armleuning van mijn stoel vast. De moed zinkt me in de schoenen. Nou zullen we het gaan krijgen. Het pleeggezin, nou komen ze met het pleeggezin aanzetten.

'De mensen van jeugdzorg hebben met je vader overlegd,' gaat oom verder. 'Je vader vindt het goed dat je bij hem gaat wonen. Dat lijkt ons ook de beste oplossing.'

Mijn wenkbrauwen fronsen vanzelf. Waar gaat dit over? Papa? Nooit heeft die man mij mee naar zijn huis genomen. Omdat zijn nieuwe vrouw dat liever niet heeft. Dat zegt hij altijd. En dan moet ik daar nu ineens wonen? Zou die vrouw het nu wel oké vinden?

'Je moet niet denken dat je hier niet welkom bent,' zegt oom Maarten nog. 'We houden heel veel van je.'

Tante knikt. 'Een kind hoort nou eenmaal bij zijn vader of moeder te wonen. Wat denk je er zelf over?'

18

'Waarom kon ik dan al die tijd wel hier blijven en nu niet meer? Waarom ging ik dan niet meteen naar mijn vader?'

Mijn oom leunt wat naar voren. 'Toen moest alles nog worden geregeld. Het was voor jou het beste om in het begin in een vertrouwde omgeving te zijn. Op een plek waar jij je thuis voelt.'

Wild schuif ik mijn stoel naar achteren. Ik sta op. 'Waarom is dat nu niet meer het beste? Heb ik nu geen thuis meer nodig soms?'

'Je zult zeker een thuis …' Wat tante nog meer zegt, hoor ik niet meer. Naar boven lopen en op elke tree zo hard mogelijk stampen.

Voor de tweede keer in een paar maanden tijd pak ik mijn boeltje. Een enorme weekendtas heeft tante voor me gekocht, maar het duurt niet lang voor hij vol is. Ik zet de weekendtas naast de gevulde zakken en dozen op de gang.

Boven kijk ik nog eens rond. Alles weg. Het ziet er nu weer uit als een echte logeerkamer. Toen ik hier kwam, miste ik mama. Nu natuurlijk nog steeds. Maar als ik straks ben vertrokken, zal ik ook Amber en deze kamer en mijn school en Rens en Joris kwijt zijn.

Plotseling klinkt het bekende dingdong van de voordeurbel. Mijn lichaam verstijft. Is dat papa al? Normaal is hij niet zo op tijd. De voordeur wordt geopend. De stemmen van papa en oom Maarten gaan van de hal naar de woonkamer.

Snel klop ik op Ambers deur. Zonder haar antwoord af te wachten loop ik naar binnen. 'Het is zover.'

Onder aan de trap roept tante mijn naam.

'… Je vader wacht op je. Kom je? … Niels?'

Ik klem mijn lippen even op elkaar. 'Ben er zo,' roep ik terug.

Met een vlak gezicht kijkt Amber me aan. 'Kom, we gaan,' zegt ze.

'Kunnen we niet nog even blijven?'

Ze trekt me mee aan mijn hand. 'We gaan niet naar je vader beneden.'

We sluipen de trap af. Wat is ze van plan? Papa, tante en oom praten in de woonkamer met elkaar. Zachtjes stappen we in het pianokamertje uit het raam.

'Nu niet naar de poort, want dan kunnen ze ons vanuit de zitkamer zien,' fluistert Amber. Ze loopt naar de zijkant van de tuin, alsof ze dit al eens eerder heeft gedaan. Vlak bij de schutting vouwt ze haar handen samen voor haar buik. Ik begrijp haar bedoeling, ze wil dat ik de schutting over kan. Mijn hart bonkt, zelfs in mijn hoofd. Zomaar van huis weglopen, dat kunnen we toch niet maken? Papa, oom en tante … woest zullen ze zijn. Aarzelend kijk ik naar haar samengevouwen handen.

'Schiet nou op, man!' sist ze.

Zweet op mijn slapen. Niet meer nadenken. Amber weet vast wel wat ze doet. Misschien bedoelt ze het alleen als grap. Ik stap in haar samenge-vouwen handen, klim met moeite de schutting op en spring aan de andere kant op de stoep. Een paar seconden later klopt zij naast me haar handen af.

'En nu?' vraag ik.

'En nu wegwezen.' Ze rent voor me uit. 'We zijn vrij, toch? Geen vaders en andere ouders meer,' roept ze. Ik ren achter haar aan, probeer haar bij te houden. Uitbundig schreeuwt ze tegen de wind in: 'Joehoe!' Mannen en vrouwen kijken haar na. Als een waanzinnige holt ze langs de huizen. In het park springt ze meteen op een bank, doet drie stappen en springt er weer van af. Ze sprint over de vijverbrug en gaat de kiosk in. Als ze daar op de vloer ligt, beweegt haar borst snel op en neer. Zonder op iemand of iets te letten hijgt ze uit. Voorovergebogen, met mijn handen op mijn knieën, sta ik naast haar, buiten adem.

'Hé,' ze wijst omhoog naar mijn hoofd, 'hoe is het daarboven?'

Ik ga ook op de grond liggen, haaks tegen haar aan. De korte haren bij haar kruin kriebelen mijn linkerwang.

Ze neuriet wat. 'Weet je van wie dit melodietje is?' vraagt ze.

'Grieg?'

Ze knikt. 'Jij bent.'

Dit spelletje hebben we al vaak gedaan. Het is de bedoeling dat ik nu een melodie neurie of fluit en dat zij de componist ervan raadt, maar ik heb er geen zin in.

'Wat zou je moeder nu aan het doen zijn?' vraag ik. 'Misschien roept ze: "Niels? Amber? Doe niet zo flauw, geef eens antwoord en kom naar beneden."' Ik zeg het met een verontwaardigde, hoge tantestem.

Amber lacht een beetje.

Even later schudt ze haar hoofd. 'Waarom mogen we niet zelf bepalen bij wie we wonen?' Ze komt overeind. 'Laten we hier blijven. Dit is onze onderduikkiosk.'

'Superidee! Een schuilplaats zonder muren,' zeg ik. 'Een paar pilaren, een dak en de rest helemaal open. Hier in de openlucht zullen ze ons zeker nooit zien. Briljant bedacht, hoor.'

Ze giechelt even.

Ik buig mijn hoofd opzij en kijk tegen haar rug aan. 'Ik krijg een broer,' zeg ik, 'maar zo voelt het helemaal niet, terwijl jij wel een zus bent.'

Opnieuw gaat Amber languit op de grond liggen. Haar haren zijn zo dicht bij mijn gezicht dat ik ze met mijn lippen kan aanraken. Ze ruiken naar shampoo.

'Als mensen afscheid van elkaar nemen,' zegt ze plotseling, 'beloven ze altijd contact te houden. Maar na een tijdje komt het er niet meer van en zien ze elkaar nooit meer. We kunnen elkaar maar beter niks beloven.'

Ik sta op. 'We moeten toch ooit naar huis.'

'Wat dacht je van over drie weken?' zegt ze.

Een paar seconden later springt ze op. 'Weet je wat? We noemen dit het *Niels-en-Ambermoment*. Als je je daar dan niet thuis voelt, kunnen we altijd afspreken voor een *Niels-en-Ambermoment*.'

Ik stap de kiosk uit. 'Je vader en moeder … misschien krijg je wel een heel jaar huisarrest. Dan zien we elkaar helemaal niet meer.'

'Boeiend. Ik krijg heus geen huisarrest, ik verzin wel wat.'

Zwijgend lopen we dezelfde weg terug.

De auto van papa maakt bijna geen geluid. Er is alleen maar een monotoon gesuis te horen. Ik zit voorin en doe geen moeite om de stilte te doorbreken. Hij ook niet. Met twee handen op de bovenkant van het stuur tuurt hij aan één stuk door naar de snelweg.

'Goh, even geleden, hè? Leuk je weer te zien,' zegt hij plotseling.

Automatisch zeg ik ja, maar ik ben er met mijn gedachten helemaal niet bij. Ik hoor weer de stem van tante Petra in mijn hoofd. 'Willen jullie ons de stuipen op het lijf jagen? Nou, dat is dan goed gelukt. Overal naar jullie gezocht. We wilden net de politie bellen. Hierover is het laatste woord nog niet gezegd, jongedame!' Stom om Amber bij haar boze moeder achter te moeten laten. Vanuit de auto heb ik naar haar gezwaaid. Dat is alles.

Voortdurend glijden de witte strepen op de weg onder de neus van de auto door.

'Nog een kleine drie kwartier, dan zijn we er,' zegt papa.

Ik haal mijn schouders op. Of ik nou vijf kilometer of vijf uur van Amber kom te wonen, samen is voorbij.

Bij mama in de auto stond altijd muziek op. Dat was heel wat beter dan dat gesuis in mijn oren.

'In het dashboardkastje ligt drop,' zegt papa.

Ik steek mijn handen in mijn zakken. Ik heb best zin in drop, maar zo makkelijk laat ik me niet lijmen.

'We wonen niet zo heel ver van het voetbalstadion af.' Papa wijst naar een geel-wit gestreept vlaggetje, dat aan de achteruitkijkspiegel vastzit. 'Dat heeft Ricardo hier opgehangen. Voor wie ben jij?'

'Nederland.'

'Nee. Welke club?'

'Hoezo?'

Het is weer stil.

Papa kijkt even mijn kant op. 'Luister, joh, we moeten allemaal proberen er het beste van te maken. Het is voor iedereen moeilijk. Als jij nu ook eens je best doet.'

22

HOOFDSTUK TWEE

In de kleine hal ruikt het naar te lang gekookte bloemkool. De uitgestoken hand van een onbekende vrouw komt op me af. Vurig hoop ik dat iets me achteruit zal laten lopen, zoals in een terugspoelende film. Achteruit zal ik de drempel over stappen, naar buiten. Achteruit over het paadje van de voortuin, terug naar het geopende portier van papa's auto. Ik wil geen uitgestoken hand van een vreemde vrouw. Ik wil geen gekookte bloemkool. Ik wil niet in een kleine hal staan. Ik wil terug naar vroeger.

De uitgestoken hand pakt de mijne.

'Zo, jij bent dus Niels. Heb je een goede reis gehad? Zet je tas maar even bij de kapstok.' Is dit de vrouw met wie papa is getrouwd? Raar. Ze laat me gewoon binnen, dat wel. Jeugdzorg heeft haar vast gezegd dat ze een flinke boete krijgt als ze me niet vriendelijk verwelkomt.

Ergens boven gaat een deur open. Ik hoor hardcore. Een paar seconden later staat er een kaalgeschoren jongen op de bovenste trede. Hij kijkt naar beneden. Zonder iets te zeggen loopt hij weg. De deur die eerder open is gegaan, slaat weer dicht.

De vrouw zucht. 'Dat was Ricardo.'

Ze leidt me naar een nogal kleine woonkamer. De tv staat aan en het ziet er rommelig uit.

'Ga maar zitten, Niels,' zegt ze.

Ik blijf staan. Dat vriendelijke toontje vertrouw ik niet. Wie weet geeft ze me dadelijk een klap. Zal ik vast naar buiten rennen?

23

Ze glimlacht. 'Kijk maar even rond.'

Plotseling voel ik me verschrikkelijk moe. Te moe om te staan, te moe om mijn tranen tegen te houden. Wat doe ik hier? Wat moet ik bij deze vrouw en die kale jongen? Al na een paar minuten kan ik het niet meer uithouden, en ik zal hier jarenlang moeten blijven? Ik wil nu al terug, maar waarschijnlijk zie ik Amber pas over drie weken bij de dj-contest.

Ik ben nog altijd niet gaan zitten, als ik zware, harde voetstappen de trap af hoor gaan. Papa staat van de bank op en loopt naar de open deur.

'Wil je niet even met Niels kennismaken?'

Er komt geen antwoord. De zware voetstappen gaan naar de voordeur.

'Kom nou even, joh,' dringt papa aan. Maar de voordeur klikt open en slaat dicht.

'Ach, laat hem toch,' zegt de vrouw. 'Wat je hem ook vraagt ... het is verspilde energie.'

De deur van Ricardo's kamer is altijd op slot. Toen ik net was verhuisd, interesseerde dat me helemaal niks. Er was al te veel waaraan ik moest wennen: de indeling van het huis, alle nieuwe spullen, mijn huisgenoten.

Raar dat ik papa nu elke dag zie. Waarom heeft hij mama eigenlijk in de steek gelaten? Mama was echt veel mooier en aardiger dan de vrouw met wie hij nu is getrouwd. Ik mag haar Tara noemen. Ik had verwacht dat ze me niet in haar buurt wilde hebben en me zo veel mogelijk naar buiten zou sturen. Maar als ze tv kijkt, vraagt ze soms zelfs of ik bij haar op de bank kom zitten. Laat haar maar, ik ga echt niet protesteren. Ricardo heeft in de woonkamer zijn eigen luie stoel. Telkens als ik zijn kale hoofd zie, moet ik aan mama denken.

'Waarom kijk je zo naar me? Je bent toch geen homo?' vroeg hij me laatst. Zijn verontwaardigde gezicht zag er gek uit met die grote, zwarte wenkbrauwen, opgetrokken naar zijn kale schedel.

Waarom doet hij altijd zo geheimzinnig? Waarom sluit hij zijn kamer elke keer af?

Al een tijdje sta ik op de overloop naar Ricardo's deur te staren. Plotseling, alsof hij weet dat ik hier wacht, stapt hij naar buiten. Zelfs een glimp opvangen van de binnenkant van de kamer mislukt, want Ricardo gooit de deur onmiddellijk dicht.

'Wat sta je daar te gluren? Niemand heeft iets met mijn kamer te maken, begrepen?' Ricardo draait de deur op slot en klost naar de trap. 'Dit is mijn heiligdom. Behalve ik en een paar zielsverwanten mag niemand het betreden.' Zonder om te kijken loopt hij naar beneden.

Meestal praat hij normaal en zelfs grof, maar als het over zijn heiligdom gaat, spreekt hij op een vreemde, verheven toon. Die zielsverwanten van hem zijn ook kaalgeschoren en hebben ook piercings. Als Ricardo met zijn vrienden in zijn kamer zit, klinkt er keiharde hardcore en kun je hun stemmen daarbovenuit horen schreeuwen.

Waarom is het verboden terrein? Wat doet Ricardo op zijn kamer samen met zijn zogenaamde zielsverwanten? Wat is daar dat ik absoluut niet mag weten? En als Ricardo alleen is? Echt gezellig kan het dan niet zijn. Pas geleden was er een programma op tv met een kerel die thuis een altaar had. Hij knielde er een paar keer per dag voor. Zoiets kan het niet zijn. Het is iets anders, iets stoers. Tenminste, dat vindt Ricardo, zoveel is wel duidelijk.

Ik loop naar het einde van de gang naar mijn kleine kamertje en pak mijn mobieltje. Zoals elke avond voor ik ga slapen, sms ik Amber, mijn zusje, mijn nichtje, mijn enige vriend.

Rommelgeluiden beneden. Automatisch doe ik mijn ogen open. Mijn lichtgevende wekker staat op 4:16. Vreemd gestommel en Ricardo's stem, hij praat sloom. Het komt bij de trap vandaan. Ik til mijn hoofd van mijn kussen en zie een spleet licht onder de deur. Onregelmatig geklos en gebonk en geschuif op de overloop. Soms zijn de geluiden even wat verderaf, maar beetje bij beetje komen ze toch dichterbij. Zo te horen is Ricardo zijn kamer gepasseerd. Wat gaat hij doen? Zweet op mijn voorhoofd. Hij is vlakbij. Gebonk op mijn deur. Niks zeggen, misschien gaat hij dan weer weg. Shit, ineens licht in mijn kamer. Door mijn tot oogspleten toegeknepen ogen zie ik Ricardo met een fles bier in zijn hand naar binnen strompelen.

'Hé, jij ook een slokje?' zegt Ricardo met een dikke tong. Ik doe of ik slaap. Mijn hart klopt idioot snel.

'Lulhannes!' Luidruchtig vertrekt Ricardo weer, maar wie weet wat hij zich in zijn zatte kop haalt.

Het lijkt of hij weer bij de trap is.

'Jeffrey, hé, Jeffrey, neem nou 's op, man! … Verdomme, klotetelefoon.' Een klap tegen de muur op de overloop, waarschijnlijk heeft Ricardo zijn mobieltje weggesmeten. Opnieuw gestommel, het lijkt of hij een paar treden naar beneden glijdt. Opgelucht haal ik adem. Die komt in elk geval niet meteen terug.

'Waar is mijn bord?' hoor ik hem schreeuwen. 'Wie heeft mijn bord gejat? Als ik …' Zijn woorden gaan over in gebraak. Akelige geluiden. Gekreun. Blijkbaar komt het braaksel met enorm veel moeite diep vanuit zijn maag omhoog om daarna naar buiten te spuiten. Tussen het gekreun door hijgt hij. Ik krijg het er ook benauwd van. Ik wil hem gaan helpen, maar ik durf niet. Zatte mensen zijn onvoorspelbaar, daar kun je beter van wegblijven. Ergens wordt een deur geopend.

'Wat is dit nou allemaal?' De stem van Tara gilt bijna. 'Heel mijn trap onder. Dit krijg ik nooit meer schoon. Je gaat *nu* een emmer en een doek halen!'

'Emmer en een doek?' mompelt Ricardo. 'Kom nou, mamaloetje. Weet je wel hoe laat het is?'

'En heb je daar nou een verkeersbord vast? Jij wordt ook met de dag gestoorder.'

'Wat heb jij daarmee te maken? Als ik dat leuk vind.'

'Schiet op! Naar boven, jij!'

'Ho, niet aan me komen. Niemand mag aan me komen.'

'Geen flauwekul! Zie dat je in bed komt.'

'Hé, niet duwen.'

Ze komen de trap op. Ik heb het warm, maar trek toch het dekbed over me heen.

'Kijk nou!' roept Tara ineens. 'De afstandsbediening ligt uit elkaar. Heb jij dat gedaan?'

'Jeffrey neemt niet op. Die telefoon was al kapot. Echt waar,' zegt Ricardo.

'Het is niet de telefoon, het is de afstandsbediening. Als we een nieuwe nodig hebben, ga jij hem betalen. Ben je nou helemaal gek?'

'Ssst, mijn broertje slaapt. Heb je mijn broertje wel eens zien slapen? Hij ...'

'Ophouden! Pak je sleutel,' roept Tara ongeduldig.

Ik heb een vervelende kriebel in mijn keel, maar ik hoest niet. Diep onder het dekbed blijf ik muisstil liggen. Raar, normaal bemoeit Ricardo zich nauwelijks met me, maar als hij dronken is, moet hij kennelijk aan me denken.

Ricardo's stem verdwijnt achter zijn deur, hij is gelukkig niet meer te verstaan. Even later is het stil. Alleen de voetstappen van Tara, die blijkbaar de trap gaat schoonmaken, zijn nog te horen.

Ik zit in de tuin, Tara is in de keuken aan het rommelen. Er zit een gevoel van kwaadheid in mijn lijf, maar waarom? Ik ben niet kwaad op iemand of iets. Als ik al wilde schelden of slaan, zou ik niet weten tegen wie of wat.

Ik haal mijn mobieltje tevoorschijn. Gelukkig neemt Amber op.

'Hé, Niels! Goed dat je belt, man.' Even klinkt ze uitbundig, maar dan wordt ze somber. 'Ik mocht van mam niet naar Nina's feest. Ik had gezegd dat ik bij een vriendin huiswerk ging maken en ben toch naar het feest geweest. Maar mam had het door en nu moet ik opnieuw een week binnenblijven. Echt debiel.'

In wat voor stemming ze ook is, ik praat graag met Amber. Het *Niels-en-Ambermoment* van in de kiosk komt weer in me op. Mijn moedeloze woede verdwijnt naar de achtergrond.

'Konden we maar samen computeren,' zeg ik. 'Ik heb hier niks te doen. Ook mijn nieuwe klasgenoten vinden me zielig omdat mijn moeder dood is. Ze proberen het me niet te laten merken, maar daardoor merk ik het juist.'

'Wanneer gaan we weer naar de kiosk?' vraagt ze. 'En kom nou niet met het smoesje aanzetten dat het zo'n eind rijden is. Een uur of tien fietsen en je bent er al.' Ze lacht nog maar net, als ik op de achtergrond ook de stem van mijn tante over de telefoon hoor. Ik kan haar niet verstaan, maar het is duidelijk dat ze zich over Amber opwindt.

'Volgens mam heb ik vandaag al te veel gebeld,' zegt Amber. 'Ik moet ophangen. Doei.'

Daar zit ik weer in mijn tuinstoel. Het telefoontje is alweer voorbij. Balen. Met Amber voelde ik me even in een andere wereld.

Op mijn mobieltje laat ik het rijtje namen lopen van mensen die ik kan bellen. Bij *mama* hou ik op met drukken. Sinds ze dood is, heb ik haar niet meer gebeld. Maar haar naam wissen durf ik ook niet. Plotseling krijg ik het warm. Wat gaat er gebeuren als ik haar nummer intoets? Gewoon drukken! De telefoon gaat over. Stel dat mama ineens aan de andere kant van de lijn begint te praten.

'Dat ik ziek was en zo en dat ik doodging, het was allemaal nep. Het was alleen maar om te testen hoelang je verdriet zou hebben en hoeveel je van me houdt.' Ze schraapt haar keel. 'Je vindt het toch niet erg, hoop ik?'

Natuurlijk zou ik niet boos zijn. Eigenlijk is het een goeie grap. Nee, ik zou absoluut niet boos zijn.

Er klinkt ineens een vrouwenstem vanuit mijn telefoon: 'Het door u gekozen nummer is niet in gebruik.'

Ik steek mijn mobieltje terug in mijn broekzak.

Even later loopt Tara met een wasmand de tuin in. Het is duidelijk dat ze naar de kapper is geweest. Ze heeft nu een soort poedelkapsel, overal steken donkere plukken naar buiten. Zo'n kapsel moet topzwaar zijn. Wie weet bezwijkt ze er nog onder. Het is of ze wil zeggen: 'Kijk eens naar mijn haar, dat is wel even wat anders dan dat kale hoofd van je moeder.'

Telkens pakt Tara nieuw wasgoed uit de mand en hangt ze het aan de lijn. Een geel-wit gestreept shirt met het cijfer zes achterop wappert in de wind.

'Wat is dat voor een shirt?' vraag ik.

'O, dat is van Ricardo's club.'

'Sport hij dan?'

Tara lacht. 'Ricardo en sporten, als er iets vloekt, dan is dat het wel!'

Ik blijf kijken naar haar armbewegingen. Jongens die voetballen, zijn stoer, heb ik altijd gedacht. Maar Ricardo voetbalt niet, net als ik. Die grote, stoere Ricardo en ik lijken op elkaar. Een gek idee, maar het heeft wel iets, vind ik.

'Je tante zei dat je ooit in een koor hebt gezongen,' zegt Tara. 'Wil je hier ook bij een koor?'

Ik schud mijn hoofd.

De wasmand is leeg. Tara pakt de mand op en doet een stap naar me toe. 'Zing eens iets,' zegt ze. 'Ik wil wel eens weten wat zo'n jonge knul zingt in een koor.'

Ik aarzel. Ik wil niet als een verlegen jongetje overkomen. Ach, wat maakt het me ook uit. Ik begin 'Clair de la lune' te zingen.

Al na een paar seconden valt er vanuit een raam boven een schoen op het gras. Ik schrik en stop met zingen.

'Ik probeer te slapen, kop houden!' schreeuwt Ricardo met een schorre stem.

'Niks slapen,' zegt Tara. 'Kom maar eens uit je bed. Niels, je kunt gewoon verder zingen.'

Ik hou mijn mond, ik wil Ricardo niet tegen me hebben.

Ricardo zit bij de magnetron, zijn gezicht is even grauw als zijn kale schedel. Suf staart hij voor zich uit. Onderuitgezakt zit hij op een keukenstoel, een arm hangt languit tussen zijn naar buiten geleunde benen. Hij zit vaker zo, net als veel jongens op school, lekker relaxed. Maar deze keer is het toch anders. Ook zijn hoofd hangt nu zwaar, hij ziet er eerder moe uit dan relaxed.

Ik wil hem iets vragen, maar is dit wel het goede moment? Gewoon doen. Als Ricardo rot reageert, kan ik snel van die grauwe sufkop weglopen.

'Tara wil dat wij een paar bloembakken ophangen,' zeg ik.

'Gelukkig wonnen we gisteren.' Ricardo kijkt me niet aan. '*Dat* hadden we ook wel nodig … Brian schoot hem recht in de kruising … Wij juichen, schreeuwen … Die kick, ongelooflijk.' Met zijn vuist stoot Ricardo tegen de magnetron. 'Nou, waar blijft die piep?'

Ik zucht even. 'Wanneer zullen we met die bloembakken beginnen?'

'Kippenvel, man, als ik onze groep hoor zingen. Het stadion helemaal vol, we kunnen heel de wereld aan.' Ricardo maakt een wegwerpgebaar. 'Ach, dat begrijp jij toch niet.'

Die bloembakken kan ik beter even laten zitten, hij wil het niet horen. 'Wat ga je eten?'

'Gewoon eten,' mompelt Ricardo.

'Mag ik dat niet weten? Is het soms net zo heilig als je kamer?' Ik schrik van mijn eigen woorden. Als Ricardo nu maar niet misselijk terug gaat doen.

Gelukkig dat papa net binnenkomt. 'En wat vinden jullie ervan?' zegt hij op een luchtige toon. Een elastiek om zijn hoofd houdt een zwart lapje voor zijn linkeroog. 'Vader als piraat.'

Ik twijfel, mag ik om zo'n grap lachen? Van Tara weet ik dat papa ernstig aan zijn oog is geblesseerd, wie lacht daar nou om?

'Wat heb jij nou, man?' mompelt Ricardo. Grijnzend kijkt hij naar papa op.

Papa trekt het zwarte lapje omhoog. Er is nu een gaasje met pleisters te zien. 'Ik boorde in de muur van het schuurtje, zodat daar een bloembak kan hangen. Ineens sprong er een stukje steen in mijn oog.'

De magnetron piept. Ricardo trekt hem open. Hij laat wat ketchup op zijn pizza lopen.

'Omdat jij zo'n loser bent, moet ik nou zeker die bloembak ophangen. Nou, forget it.' Hij stopt een stuk pizza in zijn mond.

Papa gaat op de rand van de keukentafel zitten. 'Dat moet je heus niet, over een week kan ik weer gewoon zien. Dan doe ik het wel.' Terwijl zijn ene been op de grond staat, steunt de voet van zijn andere been op een stoel. Zo zit hij nooit. Misschien wil hij cool lijken, omdat hij met Ricardo praat. Als hij tv kijkt, liggen papa's benen meestal languit over elkaar. Maar als hij ergens van baalt, zit hij wijdbeens in zijn stoel, met zijn handen in zijn zakken.

Ricardo is weer begonnen over zijn club. Papa luistert aandachtig, af en toe knikt hij.

Dan staat hij op. 'Ik zal het straks allemaal wel zien op tv. Studio Sport geeft vast een samenvatting van de wedstrijd.' Hij legt een hand op Ricardo's schouder. 'Enne … probeer ook eens rekening te houden met je moeder, joh. Ze kan het niet aan als je 's nachts …'

'Lul niet, man!' roept Ricardo. '*Ik* kan het niet aan als ze zich met *mij* bemoeit. Wie denkt daar wel eens aan?' Boos pakt hij de overgebleven halve pizza en hij loopt weg.

Met één oog staart papa naar de grond, zijn wangen heeft hij bolgeblazen. Langzaam laat hij de lucht uit zijn mond ontsnappen.

Rot voor hem, die uitval van Ricardo, maar toch denk ik meteen aan die keer dat ik zelf kwaad was. Tijdens een van onze driemaandelijkse uitstapjes vroeg ik hem of ik eerder naar huis mocht. Mama's hoofdpijn was heel erg die dag, misschien had ze hulp nodig. 'Die hoofdpijn komt door de bestraling,' had hij gezegd. 'Daar kan niemand wat aan doen. Bovendien vindt ze het waarschijnlijk fijn om even alleen te zijn, dan rust ze beter.' Ik herinner me dat ik ook 'lul niet' of zo had willen roepen, maar ik kreeg mijn kaken op dat moment niet van elkaar. Ricardo heeft daar geen moeite mee, hij zegt het gewoon recht in iemands gezicht.

Hoewel papa nog altijd naar de grond staart, merkt hij blijkbaar dat ik naar hem kijk. Gemaakt glimlacht hij, het is of hij wil zeggen: ach, zo erg is het ook weer niet.

Een paar uur later wordt de tv zachter gezet en komt iedereen aan tafel. Ik blaas op mijn hete soep, het duurt lang voor die afkoelt. Zoals gewoonlijk eet Ricardo niet mee. Tara's gezicht lijkt extra gespannen. Zij en papa zeggen bijna niks.

Ik ben blij wanneer ik de bel hoor, nu kan ik even van tafel.

'Laat mij maar opendoen,' zeg ik.

Twee kaalgeschoren jongens staan in de deuropening. Eentje heeft een krat bier aan zijn arm hangen. Verontwaardigd kijken ze me aan.

Automatisch stap ik opzij. 'Ricardo is boven,' zeg ik.

Weer aan tafel lepel ik het restje soep uit mijn kom.

'Je had ze niet binnen moeten laten,' zegt Tara. 'We hebben dit weekend al genoeg ellende meegemaakt.'

'Verbieden dat zijn vrienden langskomen? Lijkt me geen goed idee,' zegt papa.

Van boven het plafond klinkt weer hardcore.

Nog maar net heb ik aardappelen en snijbonen op mijn bord geschept, of de intro van Studio Sport begint.

Met hun borden vol eten gaan papa en Tara voor de tv zitten. De hardcore stopt. Vanaf mijn stoel aan tafel kijk ik naar voetballen. Ik vind er niks aan, maar Ricardo en zijn vrienden volgen boven dezelfde wedstrijd.

'Verdomme, scheids. Heb je stront in je ogen?' en 'Schwalbe, duidelijk schwalbe, eikel!' hoor ik ze schreeuwen.

Ik heb nog nooit naar voetballen gekeken. Het schijnt leuk te zijn. Niet alleen papa, Tara, Ricardo en zijn vrienden, maar ook al die mensen in het stadion zijn er gek op.

Ik blijf kijken, maar het kan me niet boeien. Met mijn bord in mijn handen sta ik op. Ik wil naar mijn kamer: computeren, of Amber bellen.

Papa draait zich naar me om. 'Wil je Ricardo dadelijk niet zien? Misschien komt hij op tv.'

Ik ga weer zitten. Iemand op tv die ik persoonlijk ken, dat heb ik niet eerder meegemaakt.

Mijn bord is al leeg. Het is een lange uitzending, elke keer begint er weer een nieuwe wedstrijd. Eindelijk kondigt de sportpresentator flitsen aan van de gisteravond gespeelde wedstrijden.

Papa buigt naar voren. 'Nu goed kijken,' zegt hij.

Het ene na het andere doelpunt valt.

'Daar!' Papa wijst naar een geel-wit uitgedoste menigte achter de goal. Juichend gaat iedereen er uit zijn dak. 'Daar moet hij ergens bij staan.'

Boven het geluid van de tv uit scanderen de jongens op Ricardo's kamer de naam van hun club. Ik hoor hun springende voeten op de vloer boven me bonken.

Het doet me denken aan de feesten op school. Gewoon je laten meebewegen door de massa, waarschijnlijk deed Ricardo daar achter de goal hetzelfde. Logisch dat hij het kicken vond.

Na twee seconden zijn de beelden van de toeschouwers alweer verdwenen. Ik heb Ricardo niet herkend in de menigte. Papa en Tara evenmin.

Een week later fiets ik van huis richting het stadion. Om halfdrie staat er een wedstrijd gepland. Vorige zondag heb ik op Studio Sport gehoord dat er vijftigduizend mensen naar één wedstrijd waren gegaan. Vijftigduizend, dat zijn alle inwoners van mijn geboortestad op één plek! Dat wil ik wel eens zien.

Hoe dichter ik het stadion nader, hoe groter het aantal auto's dat geparkeerd staat langs de stoep. Steeds meer groepjes mannen lopen dezelfde kant op als ik.

In de straten vlak bij het stadion neemt de drukte snel toe. Niet alleen op de stoep, maar ook op straat is het vol mensen. Langzaam zigzag ik langs kerels met de bekende geel-wit gestreepte vlaggen in hun handen. Ik rijd het enorme plein op. Aan de overkant is het stadion, maar ik kijk er nauwelijks naar. De politie is te paard. Angstaanjagend om te zien naast een stroom zingende supporters. Ze dragen rood-groen-zwart gekleurde vlaggen, sjaals, shirts en klappen tegelijk ritmisch boven hun hoofden. Er is vast iets aan de hand, want de politie drijft ze een tunnel van gaas in. Ik ga op mijn bagagedrager zitten en leun tegen een muur. Helemaal rechts houden agenten met honden aan de lijn een menigte in bedwang. Het barst daar van het geel en wit. Als gekken schreeuwen en schelden jongens naar de tunnel aan de overkant, naar de supporters van de andere club. Wat een lol. Zoeken ze expres ruzie? Een lange agent slaat met zijn stok op een geel-witte supporter in. Als in een reflex doe ik mijn ogen dicht en knijp ik met beide handen in het stuur. Een rare mengeling van geluiden in mijn oren: hondengeblaf, muziekgeschetter vanuit het stadion, geschreeuw, geklak van paardenhoeven op straatstenen, gezang … Ik doe mijn ogen weer open. De lange agent trekt zich terug, omdat een paar supporters hem met flesjes bekogelen. Enkele andere agenten dringen naar voren, maar vallen niet aan. De jongens jouwen en lachen. De politie blijft staan. Blijkbaar durven ze niks tegen zo'n grote groep te doen. Natuurlijk zou ik, als ik in die groep zat, als de dood zijn voor de klap van een agent of de beet van een hond. Maar ook lijkt het me best geweldig als iedereen, zelfs de politie, bang voor je is. De geel-witten komen dichterbij. Ik hou mijn adem in. Daar, in het midden van de groep, is dat Ricardo? Een sjaal verbergt de onderkant van zijn gezicht en hij heeft een capuchon op. Maar aan zijn ogen en wenkbrauwen is te zien dat hij het is. Hij steekt zijn middelvinger in de lucht en schreeuwt aan één stuk door. Met mijn fiets tussen mijn benen doe ik een paar stappen naar achteren. Ik wil niet dat Ricardo me ziet.

'Hé, sukkel, wat ben jij aan het doen?' Hoor ik iemand achter me zeggen. Ik draai me om. Een stuk of vijf jongens van mijn leeftijd.

Ik ga op mijn zadel zitten. 'Ik wou net naar huis gaan.'

Een jongen met grote oren gaat wijdbeens voor het voorwiel staan.

'De wedstrijd begint bijna en dan gaat deze sukkel naar huis.' De anderen lachen. 'Ben je gestoord of zo?' vraagt de jongen. Hij zet ineens een te grote, geel-wit gestreepte pet bij me op. Ik kan met moeite onder de rand door kijken.

'Hij heeft duidelijk het syndroom van Down of zo,' zegt de jongen. 'Domme mongool.' Opnieuw lachen ze. Ik wil zeggen dat ik niks om voetbal geef, maar dat gaat het alleen maar erger maken. Waarom vind ik voetballen niet boeiend? Waarom ben ik niet zoals iedereen?

Ik duw mijn stuur wat naar voren. 'Ik moet weg. Laat me erdoor, man.'

De jongen geeft een por tegen mijn borst. 'Die pet, wat doe je met mijn pet?'

Ik neem de pet van mijn hoofd af en reik hem de jongen aan. Die pakt hem vast, maar laat hem op hetzelfde moment weer los.

'Mijn pet laten vallen … jij durft nogal,' zegt de jongen met de grote oren. 'Oprapen, sukkel!'

Ik kijk om me heen. De jongens grijnzen. Eentje schopt tegen mijn fiets, anderen volgen zijn voorbeeld.

Mijn hart jaagt als een kapotte wekker, maar ik probeer te doen of ik heel rustig ben. 'Hou op,' zeg ik. 'Ik heb die pet niet laten vallen. Dus raap hem zelf maar op.'

'O, is dat zo?' Onverwachts stapt de jongen naar me toe en hij trekt me aan mijn schouder half van mijn fiets. Ik kreun. Met moeite kan ik mijn evenwicht bewaren. Ik kijk naar de politie met de honden. Waarom doet de politie niks?

'Waar kijk je naar?' De jongen slaat een arm om mijn nek en duwt mijn hoofd naar beneden. 'Daar moet je kijken! Daar ligt mijn pet op de grond! Zie je?'

Het laatste wat ik wil, is aan hem toegeven, maar tegen vijf jongens kan ik niet op. Ineens denk ik aan Ricardo. 'Ik keek naar mijn broer en zijn vrienden. Dadelijk komen ze hiernaartoe.'

De jongens trappen er niet in. Ik voel hoe handen aan me trekken en tegen me aan duwen. Zo lang mogelijk probeer ik mijn fiets vast te houden, maar ze slaan op mijn hand, nu moet ik wel loslaten. De fiets klettert op de stoeptegels. De jongen met de grote oren drukt nogmaals tegen mijn nek. Ik verzet me, maar kan niet voorkomen dat mijn hoofd dichter en dichter bij de grond komt.

'Als jij mijn pet opraapt, dan rapen wij jouw fiets op,' zegt de jongen. Iedereen lacht weer. Ik voel hoe de jongen een knie op mijn rug zet.

'Laat los,' roep ik. Maar ik kan roepen zoveel ik wil, natuurlijk gebeurt het niet. Ik heb geen andere keus dan toch de pet te grijpen.

Aanstellerig juichen de andere jongens.

Een van hen pakt mijn fiets en gaat op het zadel zitten. 'Is die fiets trouwens wel van jou? Volgens mij niet.'

'Verdomme. Hé!' De stem klinkt van veraf, maar is toch duidelijk de stem van Ricardo. 'Stelletje achterlijke dwergen. Opzouten daar!'

Ik zie hoe Ricardo heftig gebarend mijn kant op komt. Normaal gesproken ben ik alleen maar op mijn hoede voor Ricardo, maar nu kan ik hem wel om de nek vliegen.

De jongen met de grote oren neemt snel de pet van me over. 'Ik heb niks gedaan. Ik wilde alleen mijn pet terug,' roept hij. Langzaam stappen alle jongens achteruit. Bijna tegelijk keren ze zich om en druipen ze af.

Ik kom overeind.

Ricardo knikt naar me. 'Daar staat ons mietje dan,' zegt hij. 'Ze hadden je wel lens kunnen slaan. Laat je niet zo op je kop zitten. Gewoon terugrammen.'

Ik zucht. 'Het waren er wel vijf, hoor.'

Met één hand zet Ricardo de fiets rechtop. 'Schiet op! Naar huis jij!'

HOOFDSTUK DRIE

In de bus kijk ik strak door het raam. Ik probeer me te concentreren op wat of wie er buiten passeert, maar ik zie het nauwelijks. In mijn hoofd is er een soort wedstrijd aan de gang tussen Amber en de dj-contest. Allebei roepen ze om aandacht. Over een halfuur ben ik bij het jongerencentrum waar de contest zal losbarsten. Ik heb vast te weinig geoefend, Amber is de enige van wie ik zeker weet dat ze me niet zal uitjouwen. Eindelijk zal er weer iemand naar me lachen. Als ik blind was, zou ik Amber altijd missen. Ik zou dan wel met haar kunnen praten, maar dan zou ik voortdurend willen weten hoe ze eruitzag. De laatste drie weken heb ik wel met haar gechat, ge-sms't en gebeld, maar sinds mijn verhuizing heb ik haar niet meer gezien. Straks staat ze voor me. Straks als ik optreed. Ik krijg het benauwd. Vroeger, als ik een nachtmerrie had gehad, schreeuwde ik het uit. Mama kwam dan meteen naast me op bed zitten. 'Rustig maar, ik ben bij je,' zei ze dan. Ben ik nu zo zenuwachtig omdat ze niks meer tegen me kan zeggen? Niet zo raar denken! Natuurlijk is mama bij me. Toen ze erg ziek was, kon ze nog maar amper praten. Met moeite was ik toen in staat om de woorden van haar lippen te lezen. Een keer had ze iets gemurmeld als: 'Muziek hoor je met je ziel. Als je heel goed luistert, hoor je op sommige momenten iets volmaakts. Als mijn lichaam ermee ophoudt, wil ik naar die volmaakte werkelijkheid. Daar zal ik aan je denken. Als jij dan aan mij denkt, zijn we toch nog een beetje samen. Maak je maar nergens zorgen over.'

Waarom helpt dit nou niet? Misschien heeft ze het wel veel te druk om aan mij te denken. Ik moet lachen. Natuurlijk kunnen dode mensen het niet druk hebben. Het is voor het eerst dat ik een beetje kan lachen om het rottigste dat me ooit is overkomen.

In de zaal zijn een paar meisjes aan het dansen. Jongens met een glas bier in hun hand kijken toe en roepen iets naar een nogal dik meisje. De gympies en de loszittende spijkerbroeken die ze aanhebben, zijn echt cool. Ik moet eens vragen of ik die ook mag kopen. Hun haren zitten warrig. Zo heb ik mijn haren ook gekamd. Toch vinden ze me misschien apart. Ik ben hier maar in mijn eentje. Niemand te zien van mijn oude klas. Rens en Joris ook niet, maar dat had ik wel verwacht. Urenlang zaten we soms achter de computer grappige tekeningen te maken, maar platen aan elkaar mixen kon ze niet boeien.

Ik sta al tien minuten aan de rand van de zaal om me heen te kijken. Waar blijft Amber? Er zal toch niks gebeurd zijn? Het is al kwart over zeven. Even rondlopen. Ze is niet in de zaal, niet bij de jassen.

De zaal wordt steeds voller. Ik loop nog een keer mijn set door. Volgens de deelnemerslijst zijn de andere dj's ouder dan ik. Ze zijn vast ook beter.

Opeens pakt iemand van achteren mijn schouder vast. Al voor ik me omdraai, weet ik van wie de hand is, haar hand heeft me vaker zo geknepen.

'Hé, dj!' Uitbundig slaat Amber haar arm om me heen. Abnormaal zoals ze straalt, vergeleken met haar zien de andere meiden er belachelijk uit. Bovendien zit haar gezicht onder de make-up, net als die keer dat ze stiekem vriendinnen bij haar thuis had uitgenodigd. Ze lijkt er ouder door. Behalve Ambers stem klinkt er nog een bekende stem door de bassen van de muziek heen. Nina komt bij ons staan. En nog meer vriendinnen, ik ken ze allemaal.

'Al zenuwachtig?' vraagt Amber.

'Hoe kom je erbij?' zeg ik.

Ze knijpt in mijn zij. 'Eindelijk weer iemand die ik aankan.'

'Dacht je dat?' Ik trek haar vingers van me af.

'Je hebt geluk dat ik me van mam netjes moet gedragen,' zegt ze lachend, 'anders had ik je allang in de houdgreep.'

We proberen met elkaar te praten. Het kan me niet eens schelen dat het door de herrie om ons heen onmogelijk is. Bij elkaar, eindelijk.

'Zullen we wat drinken?' vraagt Amber.'Ik haal het wel.'

'Doe mij maar een cola,' zeg ik. Amber manoeuvreert zich door het publiek naar de bar, haar vriendinnen gaan mee.

Ik lees nog eens in het wedstrijdschema. Dan kijk ik weer even rond. Het is nu echt druk in de zaal. Wat verderop staat een groep jongens. Waarom kijken ze opeens allemaal naar mij? Ik krijg het er warm van. Een van de jongens loopt mijn richting op.

'Hé, wat doe jij hier? Je staat op mijn plek, sukkel.' Wazige oogjes staren me aan vanuit een gezicht dat vol baardstoppeltjes zit. In een reflex knijp ik in het wedstrijdschema.

'Hé, jonkie,' schreeuwt dezelfde stem spottend, 'weet je niet dat dit mijn plek is?'

Ik doe een stap opzij en kijk om me heen. 'Waar staat dat dan?'

'Als deze tent open is, sta ik altijd hier! Het is mijn vip-plek, dat weet iedereen. Het hangt gewoon in de lucht, kijk.' Met een uitgestoken vinger schrijft de vervelende jongen denkbeeldig in de ruimte boven hem: L – E – X. 'Lex, want dat ben ik, en jij niet, toch, jonkie?'

Het liefst zou ik die grijns van zijn gezicht willen slaan, maar onder gejoel loop ik naar de bar.

'Nou zeg, had je zoveel dorst? We waren al naar je onderweg, hoor.' Amber geeft me mijn glas cola.

'Die gasten zoeken ruzie,' zeg ik.

'Waarom?'

Mijn schouders ophalend wijs ik naar de ingang. Een groep van minstens twintig jongens en meiden komt naar binnen. 'Als ik bij zo'n groep hoorde, zouden de ruziezoekers wel uitkijken en me met rust laten.'

'Niks van aantrekken,' schreeuwt Amber. 'Als je bij ons blijft, doen ze je niks.'

Schuin boven me hangt een enorme box. Bassen dreunen. Al over drie kwartier moet ik optreden, dan bepaal ik wat er uit de boxen komt. De jury, het publiek, de ruziezoeker, iedereen zal horen dat ik niet kan scratchen! Ik hou het koude glas cola tegen mijn voorhoofd.

'Straks ben jij de man,' gilt Amber proestend. Ik lach, haar adem is zo dicht bij mijn oor dat haar proesten wel iets weg heeft van beatboxen. 'Dan smeken zelfs de jongens die moeilijk tegen je deden om je handtekening.'

Onder haar kortgeknipte haren zet ik mijn lippen tegen haar oor. 'Je bent gek!'

We kijken naar haar vriendinnen, ze gaan de dansvloer op. In de massa springen ze, met hun armen in de lucht, op het ritme van de bass.

'Hoor je dit liedje?' schreeuwt Amber. 'Ik *moet* dansen!' Ze trekt me aan mijn arm mee. Tegenstribbelen heeft geen zin. Lachend en zingend springt ze tegenover mij en maakt ze de gekste bewegingen. Wat moet ik hier op de dansvloer? Op de maat van de muziek knik ik met mijn hoofd. Plotseling liggen haar armen om mijn middel en beweeg ik op haar manier. Even voel ik haar helemaal tegen me aan, meteen tintelt mijn lichaam. Zo vlak bij Amber is het net of ik *meer* ben. Alsof ik langer en breder ben. Alsof ik niet *alleen* in mijn lichaam zit, maar ook een tweede iemand, iemand die me als het nodig is altijd en overal zal helpen. Ik kan me niet voorstellen dat ik me ooit beter zal voelen dan nu. Een soort maximale blijdschap. Wat zou het gaaf zijn als ik dadelijk onverwachts win! Iedereen zal me feliciteren. Het publiek zal me op zijn schouders ronddragen.

In een microfoon kondigt iemand de eerste dj aan, het geluid van zijn stem is zo erg versterkt dat de lucht ervan lijkt te trillen. Ik stap opzij, zodat ik de dj-booth kan zien. DJ Energy, een jongen van een jaar of twintig, zet zijn koptelefoon op en klapt boven zijn hoofd een paar keer in zijn handen. Normaal zeggen dj's niks, maar DJ Energy pakt de microfoon.

'Are you ready?' roept hij. Vooral die groep van wel twintig jongens en meisjes juicht. Zijn het vrienden van hem? Geen intro, geen rustige opbouw van de set, nee, meteen barst er een wild, heftig nummer uit de box. Bam! Onmiddellijk gaat het publiek uit zijn dak en danst het erop los. Ik zet mijn lege glas op een tafel, het is niet koud genoeg meer om mijn zwetende voorhoofd af te koelen. Misschien heb ik mijn set helemaal verkeerd samengesteld. Is het niet beter om de intro te vervangen? Beginnen met een snelle, bonkende bass?

'Wat is er?' vraagt Amber.

'Ik denk dat ik mijn set toch start met het derde nummer. Dat is veel heftiger.'

'Ga nou niet alles nog veranderen. Jouw optreden wordt vast super!' schreeuwt ze.

Makkelijk gezegd als je het zelf niet hoeft te doen. En nou moet ik ook nog naar de wc. Over een kwartier is het mijn beurt. Als ik *nu* niet naar de wc ga, moet ik misschien tijdens de set.

'Ben even plassen,' schreeuw ik naar Amber.

Langs springende en 'DJ Energy' scanderende jongens zigzag ik naar de andere kant van de zaal. In de toiletruimte blijf ik bij een wastafel staan. De deuren van de wc's zijn op slot. Ik kijk op mijn horloge. Zonder geluid schreeuw ik in mezelf: schiet op, schiet op, schiet op! Gelukkig gaat de meest rechtse deur open. Ik stap ernaartoe en schrik. De jongen die Lex heet, komt naar buiten.

'Nou sta je verdomme weer op mijn plek, sukkel. Je doet het erom, hè?' grinnikt de jongen. De arm van de jongen komt op me af en duwt me achteruit, hard tegen de tegeltjesmuur. Gelukkig verdwijnt hij zonder nog iets te zeggen.

Mijn knieën knikken. *Gewoon terugrammen*, zou Ricardo zeggen. Strompelend ga ik de stinkende wc in. In mijn borstkas bonkt een snelle bass. Niet aan die Lex denken. Me alleen maar op de contest richten en proberen snel te plassen. Ik sta voor de pot, maar er wil geen druppel komen. Wat is dat voor flauwekul? Ik moet plassen. Erg zelfs! Maar net nu wil het niet lukken. Ik rits mijn gulp dicht. Ik moet terug, anders kom ik te laat. Bij de wastafel aarzel ik. Zal die Lex me opwachten? Ik droog mijn klamme handen. Had ik me maar niet als deelnemer ingeschreven. Was ik maar thuis. Niet bij mijn vader, nee, ik wil naar mijn eigen kamer, naar mijn moeder.

Voorzichtig doe ik de deur open en ik zucht. Die Lex is nergens te zien. Een microfoonstem spreekt, hoor ik mijn naam?

'Ik herhaal,' zegt de stem, 'wil de tweede kandidaat naar de booth komen!'

'Waar bleef je nou?' Amber geeft me mijn tas met koptelefoon en cd's. Ze klopt een paar keer op mijn schouder. 'Kom op. Ik duim voor je.'

Met de plastic tas in mijn hand passeer ik jongens en meisjes. Sommigen begrijpen blijkbaar dat ik de aangekondigde dj ben en wijken opzij. Ik kan nu niet meer terug. In de booth ga ik achter de draaitafels staan en schuif ik de koptelefoon over mijn oren. Mijn hart klopt me in de keel. Niet naar het publiek kijken. Wat moet ik ook weer doen? Ik grijp de microfoon, dat heeft DJ Energy ook gedaan.

'Are you ready?' roep ik, maar het publiek geeft geen enkele reactie. Trillend zet ik de intro op en draai ik aan de tempoknop. De intro moet veel sneller. Een spectaculair begin, dan gaat het publiek meteen los. Maar zo snel klinkt de intro raar. Ik kijk op, de jongens en meiden in de zaal bewegen niet, de meesten smoezen met elkaar. Gauw mijn derde nummer inbrengen, dat is tenminste een wild nummer. Mixen, nu! De overgang naar het wilde nummer verloopt niet goed. Een kind kan horen dat die geforceerd is. Waarom staat de verwarming zo hoog? Het wordt steeds benauwder. *Maak je maar nergens zorgen over*, klinkt mijn moeders stem in mijn hoofd. Maar haar gezicht zie ik er niet bij. Het gezicht van papa verschijnt. Ik doe mijn ogen dicht. Ergens in knijpen, ik moet ergens in knijpen. Ineens zit de microfoon in mijn hand.

'Waaah!' gil ik.

'Waaah!' hoor ik een massa stemmen terugschreeuwen.

Wat krijgen we nou? De zaal deed hetzelfde als ik.

'Woooh,' roep ik aarzelend en een stuk zachter dan daarnet.

'Woooh,' komt er terug.

Door het dolle heen zijn ze! Elke keer als ik schreeuw, echoën de jongens en meisjes mijn kreet.

Ik stop een nieuwe cd in de cd-speler en draai aan de volumeknop. Het gaat nu beter. Maar ik durf er geen special effects in te gooien.

De cd is afgelopen, ik hou ermee op. Het publiek joelt en klapt en fluit.

Enthousiast pakt Amber mijn schouders vast. 'Het liep eerst niet zo lekker, hè, maar superbriljant van je om zo te gaan schreeuwen.'

Ik ren weg. 'Even plassen.'

HOOFDSTUK VIER

Hoewel ik meestal niet alleen in huis ben, voelt het wel alsof ik in mijn eentje ben. Nog altijd doet Tara op een vreemde manier aardig tegen mij, maar ik wil niks met haar te maken hebben. Het is per slot van rekening haar schuld dat papa lang geleden mama heeft verlaten. Aan Ricardo heb ik ook weinig. Hij gaat zijn eigen weg. Nadat hij me bij het voetbalstadion te hulp was geschoten, hoopte ik een beetje dat hij me minder zou mijden. Het had me toen een trots gevoel gegeven dat zo'n sterke, stoere gast het voor me opnam en die vijf etters liet oprotten.

Er komt een herinnering in me op. Ik was zeven. In de tuin knikkerde ik met een paar vriendjes. Toen een van hen zei dat ik vals speelde, begonnen we te vechten. Mama kwam naar buiten en pakte een jongen bij zijn bovenarm. 'Nou is het genoeg geweest,' had ze gezegd. 'Ga maar naar huis, het is etenstijd.' Die jongens dachten vast dat ik het niet alleen afkon, dat ik een moederskindje was. Ik stond voor schut. 'Je bent hartstikke stom,' schreeuwde ik naar mama. Maar het was natuurlijk hartstikke stom van mezelf. Ik had ook *toen* een trots gevoel moeten krijgen.

Ik sta op van achter mijn computer. 'Sorry,' zeg ik alsnog in de richting van de ingelijste foto.

Van onder mijn bed trek ik de doos met haar spulletjes tevoorschijn. Opnieuw zie ik de brieven, de haarborstel, het horloge, de zilveren balpen, de broche … Tranen staan in mijn ogen. De broche had ze ook nog gedragen toen een van haar borsten was afgezet. Hoewel ik het niet wilde, keek ik toen vaak, maar ik kon geen verschil zien. Ik wist echt niet meer welke borst weg was.

Ik klik de balpen even uit en weer in. Klik-klik, het geluid klinkt bekend. Graaiend gaan mijn handen door de kist. Au! Prik ik me aan die broche, alweer. Al die voorwerpen in de kist kan ik aanraken. Mama zelf niet. Misschien leeft ze wel ergens anders verder. Alleen dan niet in dat zieke lichaam. Ik ben benieuwd wat er met mij zal gebeuren als ik dood zal gaan. Zal ik haar dan kunnen vinden? Niet als ze er anders uitziet natuurlijk. Of zou ze überhaupt geen lichaam meer hebben? Misschien *is* ze er dan wel gewoon, als een soort geest. Mijn geest zal haar meteen vinden. Dan zullen we weer samen zijn, net als vroeger. Maar deze keer zal niks ons meer kunnen scheiden. Ja, dat hoop ik.

Ik schuif de doos weer onder mijn bed. Mijn gedachten op iets anders richten. De herinnering aan de dj-contest is ook niet de leukste. Wat een afgang. Mij zien ze niet meer als dj. Ik heb gewoon geen talent in muziek maken, of het nu om pianospelen of om plaatjes mixen gaat. 'Ik heb mijn best gedaan, mama.'

Ineens sta ik op, ik heb zin om een cd te kopen die zij ook mooi vond. Laat ik maar gelijk gaan.

Beneden verrast het me dat Ricardo in de schuur is, en nog meer dat hij het stuur van mijn fiets vasthoudt.

'Wat ben jij aan het doen?' vraag ik. Voor het eerst zie ik hem in een zwart trainingsjack. Onder zijn nek hangt een capuchon en over de breedte van zijn rug staat het logo van zijn voetbalclub. Langzaam draait hij zich om.

'Mijn brommer verrekt het om te starten. Ik moet naar mijn maten, ik ga wel fietsen,' mompelt hij.

'Niet met mijn fiets. Ik heb hem zelf nodig.'

Onhandig duwt hij mijn fiets naar buiten en gaat hij op het zadel zitten. Hij is dronken, denk ik.

'Kom op, man,' zeg ik.

'Niet zeuren.'

'Ik moet naar het centrum, iets belangrijks halen.'

Hij laat het stuur los en recht zijn rug. 'Oké dan, ik zal me wel weer van mijn beste kant laten zien. Zet me eerst bij mijn maten af. Daarna kun je naar het centrum, jouw o zo belangrijke dingetje halen.'

Het liefst pers ik zijn kale kop tussen twee spaken. De schoft, hij zet me voor het blok. Doe ik het niet, dan ben ik vast de hele middag mijn fiets kwijt.

'Waar moet je heen?' vraag ik met duidelijk hoorbare tegenzin.

'Ik geef de weg aan, je hoeft alleen maar te trappen.' Hij schuift van het zadel en gebaart me te gaan zitten.

Even later fiets ik niet naar het centrum, maar met Ricardo op de bagagedrager de andere kant op. Belachelijk gehoorzaam volg ik zijn aanwijzingen. Sukkel, lulletje, loser … waarom heb je hem niet de huid vol gescholden, waarom heb je geen elleboogstoot in zijn maag gegeven en ben je er niet snel op je eigen fiets vandoor gegaan?

'Hier linksaf!' roept hij.

We komen op een fietspad. Op de geasfalteerde weg naast ons rijdt nauwelijks verkeer. Voorbij een viaduct zie ik in de verte een grote groep mensen op een braakliggend terrein staan. Minstens een man of dertig.

Bijna iedereen heeft een capuchon of een muts op.

'Stoppen!' roept Ricardo.

Pas als de fiets helemaal stilstaat, stapt hij af. Hij trekt de capuchon over zijn hoofd en loopt van me weg.

'En nou opzouten. Je hebt hier niks te zoeken,' zegt hij zonder om te kijken. Weer zo'n bevel. Maar deze keer vertik ik het om slaafs te doen wat hij zegt. Met een voet stevig op de grond blijf ik op het zadel zitten.

Ricardo stapt het terrein op. Een aantal van die gasten komt op hem af. Ze geven hem een bonk en slaan op zijn schouders. Hun bewegingen lijken ongecontroleerd. Net als Ricardo hebben ook die gasten waarschijnlijk al veel bier op. Met een wankele arm wijst een van hen naar mij. Ricardo keert zich om.

'Ben je hier nou nog? Flikker toch op, man!' schreeuwt hij.

De afstand tussen ons is zo groot dat hij me onmogelijk aan kan vallen. Ik beweeg me niet, zo begrijpt hij vast dat ik niet bang voor hem ben. Maar plotseling begint hij met twee kerels te lopen. Naar mij? Mijn hart bonkt.

Langzaam rek ik me eens uit, ik probeer te doen of het me niet kan schelen waar ze naartoe gaan. Ze naderen snel. Overal zweet op mijn voorhoofd. Hun gezichten staan strak.

'Verdomme, ben je doof!' schreeuwt Ricardo.

'Mot ik effe je kop in mekaar schuppe?' vraagt een van die anderen.

Als ze een paar meter van me vandaan zijn, hou ik het niet meer. Met een ruk zwenk ik mijn fiets opzij, en staande op de pedalen rij ik weg. Sjonge, wat ben ik toch een held! Mij hoeven ze niet eens aan te raken. Als iemand alleen maar in mijn buurt komt, hou ik het al voor gezien.

Bij het viaduct rem ik. Waar het beton de grond raakt, verstop ik mijn fiets en mezelf. Zo'n driehonderd meter verderop zie ik tot mijn opluchting dat Ricardo en de twee weer terug bij de groep zijn. Ze beginnen opeens te zingen. Een machtig geluid. Maar al na een paar seconden houdt het op. Ze steken de weg over en lopen naar het viaduct. Blijkbaar laten ze hun auto's en brommers gewoon op het terrein achter. Lang voor ze me kunnen zien, duik ik nog verder weg achter het beton. Tientallen voetstappen trekken aan de overkant voorbij. Op iedereen die de groep tegenkomt, zal het geluid van hun voetstappen indruk maken, dat kan niet anders. Vastberaden klossen ze op het wegdek, het lijkt erop dat ze alles zullen wegvagen wat op hun pad verschijnt.

Even later durf ik te kijken naar de achterkant van de over hun hoofd geslagen capuchons. Wat gaan die kerels doen? Waar lopen ze naartoe? Ik heb de neiging om op mijn fiets te springen en de groep te volgen, maar ik blijf tegen het beton gedrukt staan.

Mama en muziek, die twee horen bij elkaar. Honderden pianostukken hebben haar vingers uit de piano getoverd. Van Chopin, Schubert, Satie …

Ik kan me de melodieën niet letterlijk meer herinneren, maar wel de dromerige sfeer die ze in huis opriepen.

In het huis waar ik nu moet wonen, klinkt alleen Ricardo's hardcore of Tara's countrygejank. Nooit mama's muziek. Alsof ze haar willen buitensluiten. Die gedachte slaat misschien nergens op, maar zit nu eenmaal in mijn kop. Daarom wilde ik vanmiddag eens tegen ze ingaan. Geen slappeling zijn, maar iets doen!

Er is niemand thuis. In de woonkamer haal ik de cd tevoorschijn die ik vanmiddag, als een soort protest, heb gekocht. Iets van Chopin, een aanbieding. Ik druk op de play-toets van de cd-speler. De pianomuziek past helemaal niet bij deze kamer. Ik voer het volume op. De cd staat hard, en toch hoor ik de voordeur opengaan en een zwaar plofgeluid in de hal. Automatisch kijk ik naar de kamerdeur, maar niemand komt binnen. Wel zie ik door het raam een vent met een capuchon over zijn hoofd in de voortuin. Over het paadje loopt hij naar een oude, vuile auto, hij stapt in en rijdt weg. Ik knijp in de armleuning van mijn stoel. Wat deed die vent hier? Is hij binnen geweest? Een vriend van Ricardo? Ik durf de muziek niet zachter te zetten, alsof ik dan toe zou geven dat er iets ernstigs aan de hand is. Ik probeer aan mama te denken, aan hoe ze achter de vleugel zat, maar het lukt me niet om haar beeld op te roepen. Plotseling klinkt er vanuit de hal een kort gekreun. Ik schrik me te pletter. Papa of Tara kan het niet zijn. En Ricardo komt normaal pas veel later thuis. Jezus, mijn hart, het gaat als een gek tekeer. Voorzichtig sluip ik naar de kamerdeur. Wat gebeurt daarachter? Ik hoor niks. Het heeft weinig zin om hier nog uren in spanning te blijven staan. Ik moet het weten. Met mijn klamme hand trek ik de deur op een kier. Shit! Geschrokken deins ik achteruit. Roerloos, zijn gezicht en zijn trui onder het bloed, ligt Ricardo in elkaar gekrompen op de vloer van de hal. Een snee in zijn dikke wenkbrauw, zijn oog helemaal dicht, schaafwonden op zijn kale hoofd, een gezwollen lip … Ik stap de hal in, gooi eerst de nog openstaande buitendeur dicht en kniel naast hem neer.

'Hé,' zeg ik.

Zijn ene geopende oog draait naar mij toe. Wazig, niet-begrijpend kijkt het mijn kant op.

'Wat is er gebeurd?' vraag ik.

Een grimas trekkend van de pijn, blaast hij even snel lucht uit. Hij zegt niks. Hij stinkt naar bier, zweet en vuil bloed. Zijn trui is bij de kraag en een oksel gescheurd.

Wie was die vent van zonet? Heeft hij Ricardo toegetakeld? Ik kan hem hier niet laten liggen.

Ik buig naar hem toe. 'Denk je dat je kunt staan?'

'Rot op,' bromt hij, zijn lippen nauwelijks bewegend.

Als papa en Tara hem hier straks zien, gaan ze flippen, daar kun je donder op zeggen. Ik moet hem naar zijn kamer zien te krijgen. Van achteren pak ik hem onder zijn oksels en ik probeer hem naar de trap te trekken. Hij kreunt, maar laat het toe. Bij de trap rust ik even uit.

'Godverdomme,' mompelt hij ineens, 'die vuile teringlijers hebben me goed te pakken gehad.'

'Wie?' vraag ik.

'Hoe is het godsamme mogelijk? Hoe kan mij dit nou gebeuren?' Zijn ene oog kijkt niet naar mij, maar zakt naar links weg. Onderaan op de trap zittend en met mijn armen om zijn borst geslagen, hijs ik hem wat op. Zijn billen komen telkens van de ene tree af en schuiven daarna op de volgende.

'Wat doe je nou allemaal?' mompelt hij.

'Ik breng je naar je kamer. Werk nou eens mee, man.'

Het is alsof zijn oren ook kapot zijn geslagen, hij luistert niet. Ik voel hem naar beneden bewegen. Met moeite trek ik hem beetje bij beetje een tree hoger.

'Ik ben echt niet de enige.' Hij wil zijn hoofd schudden, maar stopt ermee, waarschijnlijk doet het te veel zeer. 'Jeffrey hebben ze ook in elkaar geslagen, hij is naar het ziekenhuis. Die pleurishonden!'

Mijn voeten op de trap afzettend, druk ik mezelf samen met hem weer omhoog. 'Waarom hebben ze dat gedaan?'

Opnieuw reageert hij op geen enkele manier.

Normaal loop ik in drie seconden de vijftien treden op, maar nu ben ik al minstens een kwartier bezig.

Bijna boven begint hij tegen me te duwen. 'Ik stond er eentje goed op zijn bek te timmeren en toen ik zo bezig was, kwamen ze met zijn drieën van achteren.'

Ik probeer zijn lijf de overloop op te krijgen. Volgens mij heeft hij het niet eens in de gaten.

'Die ene gozer,' zegt hij, 'die heb ik zo hard geraakt dat hij voorlopig niet meer weet waar hij is geweest.'

Hem over de overloop slepen is een makkie vergeleken met dat gedoe op de trap.

Bij zijn kamer laat ik hem los. In zijn broekzak zit zijn sleutelbos.

Hij richt zijn dronken, bebloede hoofd even wat van de vloer op. 'Mijn heiligdom, verdomme, verboden toegang! Is dat duidelijk?'

Ik gooi de sleutelbos op zijn buik. 'Oké, zoek het maar uit dan.'

'Niks aan het handje. Ik ben verdomme geen invalide. Ik kan echt wel …' Hij probeert overeind te komen. Maar al snel zakt hij vloekend en scheldend terug op de grond. De sleutelbos laat hij uit zijn hand vallen. Hij vraagt of zegt niks, maar ik begrijp eruit dat het voor mij een soort toestemming is om de bos te gebruiken. Ik raap de sleutels op en maak de deur open.

Het is donker in zijn kamer, het geel-witte gordijn voor het raam is dicht. Een paar tellen later ben ik aan de schemer gewend, ik kijk mijn ogen uit. Overal geel-wit! Op de vloer, aan de muur … Vlaggen, stickers, shirts, vaantjes, sjaals, foto's van spelers, rare hoeden. Een cool gezicht. Zijn kamer is even geel-wit als de juichende menigte die ik op tv heb gezien. Ik stap naar binnen. Het is net of die grote groep om me heen staat. Een maf, stoer gevoel.

Ik schuif Ricardo naar zijn bed in de hoek. Die vieze trui van hem moet uit. Maar zodra ik die over zijn hoofd wil sjorren, begint hij te kermen. Die trui is toch al kapot. Dan nog maar wat verder scheuren. Ik zoek een schaar. Pas dan zie ik naast de kast een foto hangen van een elftal dat rood-witte shirts draagt. Er zit een hakenkruis op de foto. Daardoor zijn hun gezichten niet te zien. Ik voel mijn hart in mijn keel kloppen. Een hakenkruis? Waar slaat dat op? De oorlog is al tig jaar voorbij. Maar zo'n hakenkruis valt op, het maakt indruk. Hij durft wel. Hoewel zowat iedereen vindt dat een hakenkruis ophangen niet kan, doet hij het gewoon. Hij trekt zich van niemand wat aan. Hij is niet bang. Waarschijnlijk ook omdat hij zo sterk is. Met z'n drieën konden ze hem pas aan. Het waren vast laffe klootzakken. In hun eentje hadden ze het lef niet om hem aan te vallen.

'Wat moet je daar bij die hufterige jodenclub?' hoor ik hem achter me mompelen.

'Wat is er met die club?' Uit de la van de kast pak ik een kleine schaar.

'Jij weet echt helemaal niks, hè? Stomme mongool. Die jodenclub komt uit 020.'

020? Een tijdje geleden bladerde ik in een telefoonboek, daarin stond een lijst met nummers. Bedoelde hij het zo?

'Amsterdam?' vraag ik.

Zijn ene oog kijkt me aan, niet meer zo wazig als net. 'Luister eens, als je nog één keer de stad van die joden in je mond neemt, dan zorg ik ervoor dat je die nooit meer uit je strot kan krijgen.'

Tot mijn verbazing laat hij toe dat ik zijn trui verder kapotknip. Langzaam stroop ik het zaakje omhoog. Die stank, onvoorstelbaar, ik doe de boord van mijn trui over mijn neus, als een soort gasmasker. De gescheurde kraagopening is nu zo groot dat de trui makkelijk, zonder Ricardo's gezicht te raken, van hem afglijdt. Gelukkig heeft hij een laag bed. Ik til zijn bovenlijf op en laat het zakken op het matras. Daarna de rest van zijn lichaam.

Dat bloed op zijn gezicht heeft iets stoers, maar ik kan het er maar beter af wassen.

Voorzichtig veeg ik met een nat washandje tussen de wonden door. Hij kreunt.

'Stel je niet aan, man,' zeg ik.

Zijn ene geopende oog valt dicht.

De actiefilm breekt af, zoals altijd op een heftig moment. Alweer reclame. Achteroverleunend op de bank kijk ik naar Ricardo. Met de afstandsbediening in zijn hand zit hij in zijn luie stoel te zappen. De gezwollen wenkbrauw drukt zijn linkeroog plat, daardoor kan hij me natuurlijk niet zien. Tenzij hij helemaal naar me toe draait. Maar waarschijnlijk baalt hij alleen maar als hij me ziet, omdat ik weet hoe hij er gisteren aan toe was. Hij heeft tegen mij nog geen woord gezegd. Durft hij niet? Dat slaat nergens op, Ricardo durft alles. Net had hij nog een knallende ruzie met Tara. Niet alleen papa en ik, maar waarschijnlijk ook de buren konden hen horen.

'Wat heb je nou weer uitgevreten?' Op de overloop klonk haar stem boos en geschrokken.

'Niks, dat zie je toch! Bemoei je er niet mee.'

'Je bent anders wel mijn zoon. Straks moet ik je komen opzoeken, omdat je halfdood in het zickenhuis ligt.'

'Mens, stel je niet aan!' schreeuwde hij. 'Jij met je domme, suffe leventje. Ga lekker stofzuigen!'

Ze stormde de trap af en sloeg de keukendeur achter zich dicht. Ze is nu vast bezig in de keuken of in de tuin. In de woonkamer heeft ze zich niet meer laten zien.

Ik zou nooit zo tegen haar kunnen uitvallen, daar ben ik veel te laf voor. Maar zo'n bek opzetten is best handig. Ricardo en ik hadden het rijk alleen in de woonkamer. We hadden geen last van Tara en papa. Papa is een nog grotere schijterd dan ik. Zodra hij het geschreeuw hoorde, vroeg hij mij om mee naar de bossen te gaan. Ik heb me in elk geval niet zoals hij laten wegjagen. En waarom zou ik ook? Door Ricardo kan ik naar een film kijken. Normaal staat er een langdradige natuurdocumentaire, een oninteressante talkshow of een idioot kookprogramma op.

Eindelijk, de reclame is afgelopen. De film gaat verder met een spectaculaire achtervolging. Ik schuif naar het puntje van de bank.

'Getver, wat een flutfilm!' zegt Ricardo. Hij begint weer te zappen.

Mijn woede wordt groter en groter, als een over sneeuw rollende sneeuwbal. De woede drukt mijn keel dicht, ik krijg geen adem meer. Verdomme, waarom doet die vent of ik lucht voor hem ben? Zonder mij zou hij misschien nog op de grond in de hal liggen. Ik kan me niet meer inhouden. 'Hé, kom op. Ik was naar die film aan het kijken, man.'

'Sukkel,' zegt hij. 'Je wilt toch niet beweren dat je er wat aan vindt? Zelfs in een kleuterklas snappen ze dat het nep is.'

'Nou en? Als ik het wil zien.' Daar heb jij geen barst mee te maken, wil ik zeggen, maar de woorden blijven in mijn mond steken.

Hij blijft gewoon zappen. Blijkbaar kan hij niks boeiends vinden. Langzaam komt hij overeind.

'Alles op tv is nep.' Hij gooit de afstandsbediening mijn kant op. Ik moet opzij duiken om hem te vangen.

Op weg naar de deur draait Ricardo zich even om. 'Ben je klaar voor wat echt geweld, of blijf je daar zitten met je kleuterfilm?' Hij loopt de kamer uit. Zijn zware voetstappen gaan de trap op. Wat bedoelde hij? Voor zijn doen klonk hij bijna vriendelijk, hij vroeg tenslotte iets in plaats van dat hij een bevel gaf. Maar wat betekent *klaar voor wat echt geweld*? Wil hij me een mep verkopen? Hij kan de pot op. Ik laat me door hem niet in de zeik nemen. Gewoon de actiefilm weer opzetten.

Het is voor het eerst dat Tara op me moppert. Hoewel het einde van de film angstaanjagend spannend is, kan ik het door Tara niet goed volgen. Ze blijft bezig: 'Die wonden op Ricardo's gezicht, wist jij daarvan? Waarom heb je niks tegen me gezegd? …'

Meteen na het einde van de film loop ik naar boven. De deur van Ricardo's kamer is niet helemaal dicht. Raar. Nog vóór ik de deur kan passeren en een blik naar binnen kan werpen, hoor ik zijn stem.

'Hé, dat was de laatste keer dat je mijn trui hebt geruïneerd!'

Ik blijf staan.

Traag draait hij zijn rug naar zijn computer. Hij kijkt me aan. 'Je hoeft niet zo verontwaardigd te doen.'

'Je trui was al gescheurd.' Ik wil niet stotteren, maar de woorden vertikken het om normaal uit mijn mond te komen.

'Dacht je dat ik dat niet wist? Ik ben toch geen debiel, of wel soms?' Zijn donkere wenkbrauwen gaan even omhoog.

Ik haal mijn schouders op.

Hij neemt me van top tot teen op. 'Je bent echt gestoord! Wat sta je daar nou, ballenneuker? Durf je soms niet binnen te komen?'

Ik loop zijn kamer in. Gisteren overdonderde het geel-wit me, nu valt me vooral op dat zijn kamer geen grote bende is, maar redelijk opgeruimd. Het ruikt wel naar rook en drank. Het krat naast de kleine zitbank is volgestouwd met lege bierflessen. Op tafel staat een asbak vol peuken.

Ricardo let niet meer op mij, hij staart naar het beeldscherm. Naast wat tekst en een paar plaatjes verschijnen, in een verkleind kader, bewegende beelden. Dichterbij zie ik een paar wilde, fanatieke vechtersbazen. Door een mobieltje opgenomen. Het stoterige beeld verspringt ineens. Tientallen mannen slaan en trappen elkaar.

'In jouw films zie je stuntmannen, maar hier doen wij het echte werk. Dit was aan het begin van het seizoen,' zegt Ricardo.

Verschrikkelijke rake klappen en trappen. Een grote kerel zwaait met een honkbalknuppel, een ander steekt met een mes. Stom, ik heb de neiging om afwerende bewegingen te maken. Veel bloed en op de grond liggende mannen. Ongelooflijk, wat zijn dat voor gasten die daar knokken? En ze gaan maar door.

Plotseling staat het beeld stil.

'Zie je die gozer daar rechts in de hoek? Herken je hem?' vraagt Ricardo. De man die hij bedoelt, heeft net iemand knock-out geslagen en stoot nu met zijn door een capuchon bedekte kop keihard in de buik van de volgende die op zijn pad komt. Een deel van zijn gezicht is te zien, het gezicht van Ricardo.

'Waarom doe je dat?' vraag ik.

'Je ziet het, normaal laat ik me echt niet pakken.' Met de muis zet Ricardo het filmpje weer aan.

Ik ga naast hem staan.

Hij kijkt me aan, zijn dichtzittende oog is niet meer dan een spleetje. 'Als je het in het echt beleeft, vergeet je het nooit meer. Passie, adrenaline, door het vuur gaan voor elkaar, weet je wat ik bedoel?'

Zijn woorden doen me denken aan de dansvloer van het jongerencentrum. Amber en ik, dicht tegen elkaar aan. Maximale blijdschap was het. Maar ik denk dat het beter is om dit niet tegen hem te zeggen.

'Ik heb nog nooit echt gevochten,' zeg ik. 'Doet het niet zeer dan?'

'Mietje!' Minachtend haalt hij zijn neus op. 'We weten waarvoor we het doen. Die hufters hadden ons stamcafé beklad met spuitbussen. En ze hadden de middenstip van ons stadion gejat. Gewoon teringlijers. We moesten ze wel pakken, anders blijven ze bezig. De wereld is gewoon beter af als ze er niet zijn.' Hij is op dreef, zo kan hij nog uren doorgaan.

Ik wijs naar het beeldscherm. 'Het filmpje is afgelopen.'

Dat met die graffiti en die middenstip is gewoon pesten. Logisch dat je een hekel krijgt aan zulke pesters en dat je ze wilt terugpakken. Maar ze in elkaar meppen … Een koude rilling loopt over mijn rug.

'Moet je hier kijken.' Hij knikt naar het beeldscherm. Hij zit op een open forum, op de site van een andere club. Typend kijkt hij alleen maar naar de toetsen en zijn vingers, geen moment naar het scherm. *Stelletje teringlijers, 16 september was nog maar een begin, ongedierte moet worden verdelgd!* Zijn open oog glimt, blijkbaar is hij erg tevreden over wat hij heeft getypt.

Er staan meer scheldpartijen op het forum. Het gaat hard tegen hard. Ik heb er niks mee te maken. Toch bonst mijn hart. Nu ik bij Ricardo op zijn kamer ben, krijg ik ineens het gevoel dat, als we naar buiten gaan, een grote groep van wat hij teringlijers noemt, ons staat op te wachten.

Ricardo leunt achterover. 'Dat logo van die kutclub, ik kan het gewoon niet zien.'

'Zet de computer dan uit.' Terwijl ik de woorden zeg, besef ik dat ze bij hem verkeerd kunnen vallen.

Met een priemend oog kijkt hij mijn kant op. 'Moet *ik* mijn computer uitdoen voor die kankerclub? Nou krijgen we het helemaal! Dat klotelogo bevuilt mijn beeldscherm. Dat klotelogo ...'

'Waarom haal je het dan niet weg?'

'Rot op. Of dat zo makkelijk is.'

Opnieuw haal ik mijn schouders op.

Zijn gezwollen lip beweegt wat opzij. Is dat een grijns? 'Ben jij zo'n slim ventje?'

Ik wil niet dat hij weer boos wordt, daarom lach ik niet om zijn rare, misvormde grijns.

'Ik wil het best proberen,' zeg ik.

Ik begin met de naam van de beheerder van de voetbalsite te zoeken. Dat gaat makkelijk. Ik kan zelfs nog tegelijk aan Amber denken. Straks is ze hier. Ik word warm en koud tegelijk. Eindelijk komt Amber een keer hier. Op tv heeft de weerman gezegd: 'Vandaag bedraagt de *gevoels*temperatuur twintig graden.' Waar heeft hij het over? Wat een ander voelt, is niet hetzelfde als wat ik voel. In haar magere, zieke lichaam lag mama met hete kruiken onder de dekens te rillen, terwijl ik naast haar bed met niet meer dan een T-shirt aan zat te zweten. Hoe kun je een gevoel meten? Bestaat er ook zoiets als gevoelstijd of gevoelsafstand? De afstand van mijn geboortestad naar hier is zo'n honderd kilometer. Maar als ik dat takke-eind naar Amber zou fietsen, zou het voelen alsof ik duizend kilometer moet.

En als ik haar een week niet zie, lijkt het een jaar.

Op mijn horloge is het kwart voor vijf. Over een kwartier kan Amber hier zijn. *Ik hou het thuis niet meer uit. Kom meteen naar je toe,* heeft ze ge-sms't. Haar kennende is ze onmiddellijk op de bus gestapt.

Kijk, daar heb ik de beheerder te pakken. Nu het wachtwoord. Misschien is het de naam van een van zijn kinderen. Even zoeken.

De bel gaat. Beneden klinkt Tara's stem, onverstaanbaar. Even later voetstappen op de trap, een bekend loopje. Verrek, dat is Amber al. Al voor ik de deur van mijn kamer opentrek, roept ze: 'Hé, Niels, waar hang je uit?' Het maakt haar blijkbaar niet uit dat ze in een vreemd huis is. Ze loopt op me af, en kietelend duwt ze me terug mijn kamer in tot we op mijn bed vallen. Fantastisch. Terwijl ze zich op haar rug draait, betrekt haar gezicht.

'Weet je wat ze willen? Mam en mijn pianoleraar?' vraagt ze.

Ik schud mijn hoofd. Hoewel ik weet dat ze weinig oog heeft voor andere dingen als ze ergens vol van is, verbaast het me dat ze niks over mijn kamer zegt.

'Dat ik opga voor mijn C-bijzonder examen! Belachelijk toch. Ik moet een kleine fuga van Bach spelen. Maar ik kap ermee, denk ik. Ik ben er nu al weken mee bezig en het gaat gewoon niet. En dan zou ik ook nog voor publiek moeten spelen. Waarom is een examen voor een kleine commissie niet goed genoeg? Mam wil altijd meer meer meer.'

'Balen. Kun je niet gewoon zeggen dat je het niet doet? Alleen het C-examen en anders niet?'

'Je weet zelf dat dat niet kan. Jouw moeder was net als mam. Je wilde toch allang niet meer bij het koor, jij wilde toch van pianoles af, maar als je daar iets over durfde te zeggen, werd je moeder boos.'

'Wat bedoel je? Mama was nooit boos.'

Met gefronste wenkbrauwen knikt Amber een paar keer, alsof ze wil zeggen: droom lekker verder. Ik wil nu niet doorgaan op haar stomme opmerking. Zij blijkbaar ook niet, ze maakt een wegwerpgebaar.

'En dan ook nog die frustrerende fuga van Bach. Allebei de handen spelen door elkaar. Ik speel veel liever lekker een stuk van Chopin. Dat is tenminste duidelijk. Rechts speel je de melodie, links de akkoorden.' Ineens komt ze half overeind. 'Hé, je zit hier best goed, man.' Ze knikt naar de computer. 'Was je druk bezig?'

Ik leg haar uit dat ik een logo wil vervangen.

'Sinds wanneer ben jij geïnteresseerd in voetbal?' vraagt ze verrast.

'Ben je gek? Ik vind er niks aan, maar Ricardo kan het niet. Dus wil ik hem inwrijven dat ik het wel kan.'

Een paar korte piepjes klinken op vanuit haar broekzak. Ze opent het sms'je.

'Mam vraagt waar ik ben.' Amber stopt haar mobieltje terug. 'Laat ze maar zoeken. Ik heb het helemaal gehad met haar. Pap is het ook niet met haar eens, dat weet ik gewoon.'

Ik duw me op van het matras en ga naast haar zitten. 'Waarom helpt hij je dan niet?'

'Ze reageert altijd zo heftig op hem. Ik weet het niet, volgens mij is er meer aan de hand. Wat gewoon opvalt, is dat pap haar niet meer kust als hij thuiskomt.'

Met haar vingertoppen draait ze krulletjes van de haren boven mijn oor. Vast omdat ze het met haar eigen korte haar niet kan doen. Of zou ze het misschien leuk vinden om zo aan *mij* te zitten? Zou ze merken dat ik zweet bij mijn slapen? Niet alleen mijn hoofd, maar ook mijn lichaam is warm. Als we vroeger als kind bij elkaar logeerden, wroette ze soms ook met haar vingers door mijn haren. Toen vond ik het grappig en fijn, maar ik heb er nooit bij stilgestaan dat het zo'n warmte kan geven.

Ze staat op. Langzaam knikkend kijkt ze mijn kamer rond. Ze pakt het geel-wit gestreepte vaantje op dat bij mijn computer ligt.

'Dat ding ...' zucht ik, 'net propte Ricardo dat langs de rand van mijn trui in mijn nek.'

'Zielig, hoor.' Lachend aait ze mijn nek. 'Ik heb echt met je te doen.'

Zware voetstappen bonken op de overloop. Meteen stopt Amber met aaien.

'Wie zijn dat?' fluistert ze geschrokken.

'Ricardo's vrienden.'

Zenuwachtig blijft ze staan luisteren.

Even later komt er loeiharde hardcore uit Ricardo's kamer. We kunnen elkaar slecht verstaan.

'Zullen we naar beneden gaan? Ik heb honger,' zeg ik.

Juist op dat moment loopt een van Ricardo's vrienden de overloop op. Hij is minder kaal dan Ricardo, maar heeft meer piercings. Tussen zijn wijs- en middelvinger zit de hals van een fles bier, nonchalant bungelt de fles heen en weer. Amber en ik staan stil en wachten tot die jongen in Ricardo's kamer zal verdwijnen.

Hij maakt de deur open, maar gaat niet naar binnen.

'Hé, Ricardo, wie is die chick hier?' schreeuwt hij.

'Bedoel je Niels?' schreeuwt Ricardo terug vanuit zijn kamer. 'Die lijkt op een meisje.' Hij verschijnt in de deuropening en praat met een overdreven hoge stem. 'Hè, Niels?'

Ze lachen. Amber gelukkig niet.

De jongen kijkt naar haar. 'Wie ben jij, schatje?'

Gespannen doet ze een pas achteruit, ze geeft geen antwoord.

'Meiden … altijd gezeik!' roept Ricardo.

'… alleen maar nodig om je leuter in te hangen.' Een derde kale jongen leunt tegen de deurpost.

Amber bloost. Ik zou die vent terug de kamer in moeten meppen, of hem minstens zo moeten uitzeiken dat hij de eerste jaren zijn mond niet meer durft open te doen. Maar ik zwijg.

'Zelfs dat niet,' zegt Ricardo. 'Een wijf is een wijf, zei de boer en hij neukte zijn varken.' Ze lachen hard, harder kan gewoon niet.

'Laat dat grietje nou,' roept de jongen met de fles bier tussen zijn vingers, nog een beetje nagrinnikend. 'Kom maar.' Hij maakt de weg op de overloop vrij voor haar. Snel haast Amber zich langs hem heen en ze rent de trap af.

'Wat doe je nou, Jeff?' Ricardo stompt tegen de arm waaraan de fles bier zit. Terwijl de twee tegen elkaar schreeuwen, probeer ook ik weg te komen. Maar Ricardo verspert de overloop.

'Wat doet dat stomme grietje hier, sukkel?' Ricardo duwt tegen mijn borst. 'Je zou toch dat logo vervangen? Je kunt het zeker niet, hè? Opscheppen. Hè?' Opnieuw duwt hij.

'Hou op, man,' roep ik. 'Het lukt prima. Ik ben er bijna.' Nu Amber er niet meer bij is, hoef ik niet op haar te letten, hoef ik niet bang te zijn dat ik in haar bijzijn afga. Sinds ik Ricardo de trap op heb geholpen en hem naar zijn bed heb gebracht, voel ik me niet meer zo'n schijterd tegenover hem. Ik laat me niet alles meer zeggen. Met mijn schouder stoot ik zachtjes tegen zijn bovenarm.

Hij kijkt me fel aan, zijn gezicht wat opgeheven. Een paar seconden is er alleen hardcore te horen.

'Stuur haar nou maar weg. Straks krijg je zelf nog tieten.' Ricardo praat hard, maar schreeuwt in elk geval niet meer.

'Ze is mijn nichtje, man. Waar heb je het over?'

De jongen die blijkbaar Jeffrey heet, neemt een slok bier en gaat Ricardo's kamer in. 'Hé, Niels, kom je een biertje drinken? Of lust je dat niet?' roept hij. De jongens lachen weer. Ze hebben de grootste lol. Dat heb ik duizend keer liever dan dat agressieve gedoe. Gewoon net doen of je een beetje met ze meelacht, dat is het beste. Met die gasten wat drinken, zweetdruppels rollen over mijn rug. Dit is *de* kans om vrienden te worden met Ricardo. Niet alleen mag ik zijn heiligdom in, maar dat ook nog eens samen met zijn vrienden. Maar Amber dan? Hopelijk snapt ze dat we elkaar beter een andere keer kunnen zien.

Ik wring me langs Ricardo heen. 'Ik ga eerst even doei zeggen tegen Amber.'

Beneden in de woonkamer zit ze met haar jas aan op de bank.

'Wil je al gaan?' vraag ik. 'Maakt mij niet uit, hoor. Ik moet toch nog van alles doen. Ik wilde je sowieso vragen of het oké is als ik binnenkort naar jou kom.'

Ze staart strak voor zich uit.

'Amber?' vraag ik. 'Oké?'

Ineens draait ze zich naar me toe. 'Ja, natuurlijk, ik zit een uur in de bus, alleen maar om te worden afgezeken door je stiefbroer en zijn lieve vriendjes. En jij zegt er niks van! Ik snap het echt niet, Niels. Maar één ding is me wel duidelijk: ik wil hier niet zijn en zeker niet als jij zo doet.' Ze staat op. 'Dus zie ik je wel weer een keer. Als je die laffe Niels dan maar thuislaat.'

Ik had me er zo op verheugd dat ze langskwam en dan eindigt het zo. Zou ze echt boos zijn? Net op mijn kamer was het perfect tussen ons. Ik maak het de volgende keer wel weer goed. Bovendien is het toch ook beter voor haarzelf dat ze nu gaat? Ze heeft er niks aan als die gasten haar zo etteren. En als ik *nu* niet naar Ricardo ga, kan ik het wel schudden. Dan zal hij me blijven negeren en doen of ik een klein kind ben.

Ik ga de trap op. Mijn hart klopt in mijn keel. Op de overloop is niemand meer te zien. Ze zitten in Ricardo's kamer. De deur is dicht. Waarom? Ze weten toch dat ik nog even naar Amber moest? Moet ik nu gewoon binnenvallen of eerst kloppen? Ik pak de klink vast om de deur hard naar voren te duwen. Maar die zit muurvast. Gelach aan de andere kant.

'Ja, het duurde te lang, je bier is al op,' schreeuwt de jongen van wie ik de naam niet weet. De deur blijft op slot.

HOOFDSTUK VIJF

Hoe kun je je vrij voelen als je voortdurend wordt gecontroleerd? Als je je ouders van tevoren precies moet aangeven waar en wanneer je ergens bent? Dan weten ze je altijd te vinden. Dat idee zorgt ervoor dat ze sowieso altijd een beetje bij je zijn. Net nog vroegen papa en Tara waar ik heen ging. Waarom zou ik ze antwoorden? Het gaat ze niets aan. Van Ricardo mag niemand zich met hem bemoeien. Dat wil ik ook.

Gelukkig, de busreis met al zijn stops is achter de rug. Nog een paar straten lopen en dan maar hopen dat ik Amber kan spreken. Als er iemand in de gaten wordt gehouden, dan is zij het wel. Haar moeder is in staat haar aan de pianokruk vast te binden.

Sinds Amber kwaad bij me wegliep, heeft ze niet meer terugge-sms't en niet teruggemaild. Misschien heeft haar moeder Ambers mobieltje afgepakt en een nieuw wachtwoord op Ambers computer gezet. Oké, natuurlijk kan Amber ook gewoon nog pissig zijn.

Buiten op de stoep klinkt pianomuziek, een fuga van Bach. Amber is in elk geval thuis.

'Niels, wat leuk!' Enthousiast laat tante me binnen. Die overdreven hartelijke knuffel van haar, moet dat nou? 'Echt leuk, hoor, dat je langs-komt.'

'Ik kom voor Amber,' zeg ik.

'Ja, natuurlijk. Sorry, Amber moet studeren. Bovendien heeft ze huisar-rest. Je mag wel met haar praten, maar niet te lang.'

Ik zou mijn tante moeten vastpakken en door elkaar schudden en recht in haar gezicht moeten schreeuwen: 'Als je Amber nog één keer lastigvalt, doe ik je wat!' Maar ik loop van mijn tante weg, naar het pianokamertje.

Daar zit Amber achter de vleugel. Ze heeft vast door dat ik er ben, maar laat het niet merken.

'Hoi,' zeg ik, maar ze blijft gewoon doorspelen.

'Sorry,' zeg ik, maar er verandert niets.

Ik druk mijn handen op de toetsen.

Minachtend kijkt ze me aan. 'Wat wil je nou van me?'

'Dat zeg ik toch: sorry!'

'Alsof dat wat oplost.'

'Jij zei toch ook niks tegen die gasten? Had ik moeten zeggen: "Foei, jongens, het is helemaal niet netjes zoals jullie praten"? Of had ik soms hun hoofden tegen elkaar moeten slaan?'

'Waarom wilde je me weg hebben?'

Haar vertellen hoe het echt gegaan is? Dat ik een biertje met ze wilde drinken, maar dat sukkel voor een gesloten deur kwam. Nee, dat lijkt nu even geen optie.

'Ik voelde me gewoon rot,' zeg ik. 'Door die klootzakken.'

'Dacht je dat ik me niet rot voelde? Ze hadden het over *mij*.'

'Ja, sorry.'

'Ja, nou weet ik het wel.' Ze komt naast me staan. Ze geeft me een por in mijn zij. 'Laat toch niet zo met je sollen, Niels.'

Irritant als ze zo tegen me doet, maar ik kan er moeilijk iets van zeggen.

Plotseling stapt tante de kamer in. 'Het spijt me, Niels, maar je moet nu echt weer vertrekken.'

Al voor ik mijn mond kan opendoen, draait Amber zich verontwaardigd om. 'Heeft Niels daarvoor zo lang in de bus gezeten?'

'Daar had je dan maar eerder aan moeten denken, jongedame. Nu ga je studeren.'

Het heeft blijkbaar geen zin dat ook ik nog protesteer. Ik kijk naar Amber. 'Ik bel je.'

Ze knikt.

In de hal presteert tante het om me weer een knuffel te geven. 'Volgende keer kun je vast wat langer blijven.'

Normaal probeer ik te verbergen dat ik van haar baal, maar vandaag niet.

Ze schraapt haar keel. 'Misschien vind je het leuk om over twee weken met je oom, Amber en mij naar een concert te gaan. En daarna een nachtje logeren.'

Krijgt ze het toch weer voor elkaar dat ik op mijn allervriendelijkst 'ja, leuk' zeg.

Buiten sla ik de hoek om en wil ik naar de dichtstbijzijnde bushalte lopen, maar ik bots bijna tegen een vuilcontainer aan. Die staat tegen de schutting van Ambers tuin. Zonder aarzeling klim ik erop en laat ik me over de schutting glijden. Om te voorkomen dat tante me vanuit de woonkamer ziet, sluip ik langs de schutting naar het raam van het pianoka-mertje. 'Ga nou niet alles weer verpesten,' mompel ik binnensmonds. Het liefste zou ik Amber bekennen hoe ongelooflijk stom ik was bij Ricardo en zijn vrienden. Zover ik me kan herinneren, zijn Amber en ik altijd eerlijk tegen elkaar geweest. Ik zou haar ook eerlijk willen vertellen dat Ricardo vandaag vroeg: 'Hé, hoe zit dat nou met dat logo?' In eerste instantie zei ik nog: 'Bekijk het!' Maar toen hij beweerde dat zijn gekloot van eergisteren maar een geintje was en dat ik *de* man word bij de supporters als ik dat logo vervang, heb ik me toch laten verleiden. Het zou zo makkelijk zijn als Ricardo ophield me te negeren.

Zachtjes klop ik op het raam. Ze ziet me niet, ze richt zich helemaal op het muziekstuk. Zonder onderbreking blijf ik kloppen, nu harder.

Eindelijk kijkt ze op, verrast en blij. Onmiddellijk opent ze het raam. 'Niels, wat doe je?' Ze lacht. 'Mafkees!'

Ik spring naar binnen. 'Ik wilde je nog een paar dingen zeggen.'

'Nou, brand los, voordat mam je ziet.'

Het lukt me niet om te zeggen wat ik wil zeggen. Mijn kaken blijven laf op elkaar. Ik kan het niet doen. Ze zal vreselijk teleurgesteld zijn. We hebben er allebei niks aan. Misschien vertel ik het later nog wel eens.

'Wat is er nou?' vraagt ze.

'Ik wilde je zeggen dat je geweldig mooi speelt, dat je voor dat examen vast zult slagen,' zeg ik zonder haar aan te kijken.

Glimlachend gaat ze achter de piano zitten en ze begint weer te spelen.

'Mam mag niet horen dat ik stop,' zegt ze.

Welke stomme idioot laat zich nou eerst kleineren, in de maling nemen en voor schut zetten, om daarna doodleuk met de dader naar een café te gaan? Ben ik niet goed bij mijn hoofd? Grote kans natuurlijk dat Ricardo en andere cafébezoekers weer iets met me uithalen. Waarom zo veel risico nemen? Natuurlijk ben ik er trots op dat het gelukt is om dat logo van die site te halen. Natuurlijk weet ik dat dit uitstapje met Ricardo mijn beloning is. Maar waarom doe ik dit allemaal? Ik ben dertien, hij negentien. Is het daarom?

Een paar meter voor me uit loopt Ricardo snel over de stoep, zijn armen wat van zijn lichaam af, zijn voeten bij elke pas niet recht, maar zijwaarts naar voren. Ik probeer ook zo te lopen. Tegelijkertijd op je voeten en je armen letten en toch niet uit evenwicht raken, dat valt nog tegen.

'Dikke Dirk staat meestal achter in de hoek ...' Ricardo kijkt niet opzij en gaat ervan uit dat ik vlakbij ben. '... als hij niet met *jou* begint te praten ... bek houden tegen hem.'

Automatisch knik ik, hoewel Ricardo me niet ziet.

'En ook voor De Kale moet je oppassen ... die met de zwarte jas ... drie jaar in de bak gezeten.' Hij steekt schuin de straat over en stapt op een café af dat, volgens de gekleurde neonletters boven de ingang, Vagevuur heet. Ik volg hem, maar hij laat het dikke, zware gordijn, dat over de hele breedte meteen achter de deur hangt, tegen me aan vallen. Een heel ander café dan de cafés waar ik vroeger met papa tijdens onze uitstapjes ben geweest. In elk geval is het er donkerder. Van achter in de kroeg klinkt ruzieachtig geschreeuw. Aan de muur hangen in brede houten lijsten uitvergrote foto's van rellen, ingelijste krantenknipsels en geel-wit gestreepte T-shirts. Lachend buigt een kerel zonder tanden zich over het biljart. Zonder naar mij om te kijken loopt Ricardo langs de bar naar een grote groep mannen achterin. Kaalgeschoren, of een baseballpet dragend, of met lang haar in een staart … ze schreeuwen naar elkaar en drinken grote glazen bier. Een wat oudere kale kerel met een zwarte jas aan houdt een mobieltje tegen zijn oor. Ik ontwijk zijn blik. Op mijn rug en op mijn buik biggelen zweetdruppels naar beneden.

Ricardo geeft enkele mannen een hand of slaat ze op hun schouder.

'Speel jij voor oppas vandaag?' roept iemand. Ze lachen, ook Ricardo. Waar ben ik aan begonnen? Ik ben amper binnen, ze zien me voor het eerst, weten niks van me, maar meteen afzeiken, alleen omdat ik een paar jaar jonger ben. Nog verder lopen? Naar die groep toe? Een stuk of dertig, veertig ogen — ook die van Dikke Dirk en van de in zwarte jas gehulde kale — kijken verontwaardigd, zelfs vijandig mijn kant op. Links hangt boven een deur een lichtgevend groen bordje met de witte letters *Nooduitgang*. Als ik op mijn snelst sprint, kan ik die uitgang halen voor ze bij me zijn.

Terwijl Ricardo tegen ze praat, steekt hij een arm naar me uit en wenkt hij me met zijn vingers. Wat zegt hij tegen hen? Verbaasd en een beetje lacherig gapen ze me aan. De kale met de zwarte jas stapt op me af, een sigaret in z'n mondhoek. Ik doe een paar passen achteruit. Geen enkel ander geluid dan het gebonk achter mijn ribben. Zijn grote hand zwaait naar me uit. Ik wil hem wegslaan, maar op een of andere manier ben ik niet in staat om zelfs maar mijn pink te verroeren. Zijn grote hand pakt mijn nek vast, zijn grove vingertoppen drukken hard in mijn huid.

'Dus jij bent de hacker,' zegt hij. Hij duwt me naar de anderen. Zachtjes word ik van de ene supporter naar de andere gegooid. 'Vette actie, jochie!' 'Respect, ouwe!' Van alle kanten vliegen complimenten naar me toe en ik krijg drie volle glazen in mijn handen gestopt. Shit, opletten dat het bier er niet uit klotst. Opgefokte gezichten, bierglazen, lampen, *Nooduitgang*, tatoeages … het schiet aan me voorbij. Het duizelt me. Maar het maakt niet uit. Die gasten gaan me niet te lijf, integendeel. Dat is het belangrijkste.

'De site van die tyfuslijers … zeker weten, die zijn totaal over de rooie,' schreeuwt Ricardo. Ik drink uit een van mijn glazen. Het smaakt even vies als de vorige keren dat ik bier proefde. Hoe is het mogelijk dat die gasten gewoon in één keer halve glazen naar binnen gieten? Ik probeer een grotere slok te nemen, maar verslik me. Iemand buldert van het lachen, gelukkig niet om mij, maar om wat hij zelf zegt. Ik doe of ik zijn grapje snap en laat mijn mond lachen.

'Hé, hoe doe je dat nou, dat hacken?' roept een jongen met piercings in zijn wenkbrauwen en onderlip.

Ik draai me wat naar hem toe, blij dat iemand vraagt naar iets waar ik goed in thuis ben. 'Als je het programma downloadt dat het wachtwoord …'

'Laat maar zitten, ik begrijp het al.'

Iedereen lacht om de opmerking van de jongen. Hij heeft een enorme grijns op zijn gezicht. Doet dat niet zeer met al die piercings in zijn onderlip? Hij begint te zingen en krijgt meteen zo'n twintig man mee. Ze schreeuwen het uit. Ik ken de woorden van het lied niet, maar lal zo veel mogelijk mee. Zodra er een glas leeg is, zet ik het weg. Maar ik krijg meteen een nieuw vol glas.

Een bundel biljartkeus steekt bij de muur recht omhoog, maar lijkt plotseling de neiging te hebben opzij te zakken. Ik probeer mijn blik aan de bundel vast te hechten om hem op zijn plaats te houden, maar de biljartkeus blijven samen met mijn blik opzij glijden. Binnensmonds vloek ik, waarom word ik zo draaierig? Net nu het goed gaat! Ik kijk een andere kant op. Opeens sta ik oog in oog met Dikke Dirk, ik laat bijna de glazen bier uit mijn handen vallen van de schrik. Hij buigt naar me toe. 'Ouwe rukker!' Zijn stem klinkt hees en niet onvriendelijk. Ik mag iets terugzeggen, maar wat? Snel neem ik een slok en twee seconden later nog een. Dikke

Dirk loopt door naar Ricardo. Ze smoezen met elkaar. Over mij?

Even later wringt Ricardo zich tussen een paar anderen door naar mij.

'Pas een confrontatie gehad ... nu vanavond alweer een. De klootzakken, ze willen wraak. Ze zoeken vooral de verkloter van hun website.'

Trillend breng ik een glas naar mijn lippen. Hopelijk heeft hij niet gezien dat ik schrok.

Hij fronst even zijn wenkbrauwen. 'Relax. Ze weten niet dat jij het hebt gedaan. En met ons erbij kan je niks gebeuren.'

Mijn hart roffelt en het lijkt er niet op dat dat ooit nog zal veranderen. Stel dat de supporters van de andere club er *wel* achter komen dat ik de hacker ben. Moet ik Ricardo geloven? Natuurlijk niet. Opnieuw drink ik mijn glas leeg. Maar aan de andere kant, waarom zouden de jongens en mannen hier me niet verdedigen? Allemaal bewonderen ze me om het hacken. Iedereen van de groep kent me nu. Als ik wegga, zijn ze me morgen weer vergeten, maar als ik blijf ... De kans dat supporters uit een andere stad mij wat kunnen doen, is klein. De groep in dit café is zo enorm groot. Ik heb weinig te vrezen.

'En nou ga je zeker naar huis?' vraagt Ricardo.

Ik zet nog eens een glas tegen mijn lippen en neem een paar slokken. 'Hoezo? Waarom zou ik? Laat die klootzakken zelf maar naar huis gaan.'

Hij slaat me op mijn schouder en duwt me verder de groep in. Ineens laat hij me los, ik wankel. 'Hé, gasten,' roept hij, 'Niels heeft ook zin om de koppen van die klootzakken in elkaar te schuppen.'

Mijn gezicht is plotseling idioot warm, ik weet zeker dat ik een rode kop heb. Gauw til ik twee bierglazen hoog de lucht in.

Iemand tikt zijn bierglas tegen mijn hooggeheven glazen. Ik ben erin, ik hoor erbij! Mijn lichaam tintelt overal.

'Proost!' roept iemand tegen me.

'Kom op, we pakken ze allemaal,' schreeuwt de jongen met de piercings in zijn onderlip.

Iedereen brult en schreeuwt.

Tussen rood aangelopen gezichten zweeft een dienblad. Daarop staan tientallen glaasjes tegen elkaar aan gedrukt, gevuld met een doorzichtige vloeistof. Water? Van overal schieten handen naar het dienblad toe. Een ringbaardkerel reikt me een glaasje aan. Met de vingers die ook al een bierglas vasthouden, probeer ik het kleine glaasje te pakken. Moet kunnen. O! Een harde, heldere klap van kapotvallend glas klinkt een fractie van een seconde boven het geschreeuw uit. Maar het lijkt niemand op te vallen dat ik mijn bierglas heb losgelaten. Alle kerels slaan hun glaasje in één keer achterover. Ik ook. Een brandende schok in mijn keel. Ik haal diep adem en lach naar de gezichten in mijn buurt, die naar mij aan het lachen zijn.

Een van die gezichten komt me bekend voor. O ja, dat is Jeffrey. Ineens staat hij voor me. Waarom blijft hij niet gewoon stilstaan? Ik probeer hem bij zijn jasje te pakken, maar ik pak mis.

'Amber, dat nichtje van jou ... een leuk grietje,' zegt hij. 'Wanneer komt ze weer?'

Begint dat ventje nou over Amber?

'Wat gaat jou dat aan?' Gewoon de mond snoeren. Zou Ricardo ook doen. Amber? Waar ben je? *Laffe Niels*, zei je. Waar slaat dat op? Was je maar hier. Dan zag je dat ik helemaal niet met me laat sollen. Waar is Ricardo trouwens? O, daar. In de steeds weer naar links deinende menigte. Wat is hij van plan? Hij duwt en trekt zich langs bezoekers. In de hoek klimt hij op een tafel.

'Kampioenen, kampioenen ...' brult hij en hij springt recht omhoog en springt recht omhoog en springt recht omhoog ... Zijn bier gutst de lucht in. Net zo wild als hij, zingt en springt nu de hele menigte. Dat iedereen jou volgt, dat iedereen doet wat jij doet ... wat een heerlijk gevoel moet dat zijn. Ah, waar komt die scheut bier over mijn kop vandaan? Wel lekker koel. Mijn armen hoog in de lucht en springen maar. Tussen de anderen in, botsend, stotend, hangend ... als ik al zou willen vallen, er is gewoon geen plek voor. Nu zijn er die stoppen met dansen. Roept daar iemand? Waarom schreeuwt

De Kale van de lange zwarte jas: 'Kappen, kappen …'? Iedereen staat stil. Ook Ricardo. De Kale wijst naar de uitgang. 'We gaan!' roept hij.

Geen gelach, geen geschreeuw, geen gejuich, in stilte schuifelt de groep langs de bar en het biljart. O, sorry, het was niet de bedoeling om half over het biljart te vallen en tegen de ballen te stoten. Gewoon overeind blijven en achter al die ruggen aan. Oppassen voor dat dikke, zware gordijn bij de deur. Lekker fris buiten. Even diep opsnuiven die lucht. Waar gaat iedereen heen? Dikke Dirk en De Kale lopen voorop, zij zullen het wel weten. Zonder naar hun bierglas te kijken gooien een paar jongens het tegen een muur. En het is nog wel zo'n mooi gezicht, die opspattende glasscherven. Ik drink de bodem bier uit mijn glas en smijt het ook opzij. Goed zo, niemand die er wat van zegt. Geen zeurende Tara. Voor mama zou ik de scherven nog wel opruimen, maar nu heb ik geen tijd. Waarom loopt iedereen zo snel? Bijna niet bij te houden. En nu ook nog wat omhoog, een brug over. Dikke Dirk kan zich lopend omdraaien.

'Wie dadelijk de benen neemt, ram ik persoonlijk in elkaar.' Roept hij dat speciaal naar mij? Alweer een hoek om. Een rare straat, nee, het is geen straat, maar een open terrein. In de verte, aan de overkant, mistig licht. Er doemen vage gestalten in op. Ze hebben ook capuchons op. Niet hard, maar overal om me heen beginnen ze te praten.

'Teringlijers, ik duw hun koppen in de stront.'

'Helemaal verrot schoppen, die klootzakken.'

De vage gestalten aan de overkant komen niet meer naar voren, maar blijven op dezelfde plek. Wat mankeert die lui? Pisnijdige gezichten, zwaaiende middelvingers, vooruitgestoken borstkassen, gebalde vuisten. Zo hard mogelijk schreeuwen ze van alles door elkaar heen naar onze groep. Ik ben blij dat Dikke Dirk en De Kale ook blijven staan. Die lui aan de overkant zijn gewoon door het dolle heen. Gaan ze ons aanvallen?

'Kom maar op, kutschelen!' schreeuwt Dikke Dirk. Met beide handen wenkt hij ze. Dat zou ik nou niet doen, dat zou ik zeker niet doen. Die lui aan de overkant worden alleen maar razender.

Rondom mij schelden en vloeken de mannen ook. Dit gaat niet goed. 'Waar is die schoft die bij ons op de website zat?' brult een grote, brede kerel boven al het geschreeuw uit.

De grond om me heen bestaat jammer genoeg alleen uit tegels. Waar vind ik zo gauw een schuilplaats, een put of een tunnel? Kon ik maar vluchten. Dikke Dirk ... hij ramt me dan helemaal in elkaar!

Me dan maar gauw verschuilen achter een paar brede ruggen. Ho, niet tegen ze aan donderen, blijven staan! Niemand wijst me aan, niemand roept mijn naam. Echte vrienden verraden elkaar niet, die hebben alles voor elkaar over. De groep beschermt me. Die brok in mijn keel snel wegslikken, tranen kan ik nu niet gebruiken.

'Teringlijers, pleurislijers, klootzakken!' gil ik naar de overkant. Het zijn echt stomme lui, ze moeten hun bek houden.

Behalve geschreeuw klinken er nu ook kreten en doffe klappen. Voor me stormen plotseling de brede ruggen naar voren. Ik probeer ze te volgen, maar bijna tegelijk storten ze zich op van die teringgasten. Overal wordt getrapt en geslagen. Een baseballpetjongen schopt een van onze groep, de jongen met de piercings in de onderlip, vol in zijn rug. Ik moet hier weg. Verdomme, waarom bibberen mijn benen zo? Ik kan geen stap verzetten. Daar, ongelooflijk vuil! ... Die baseballpetjongen trapt en trapt en trapt tegen de op de grond liggende jongen met de piercings.

'Ophouden!' gil ik. Met zijn vuist slaat hij nu een ander tegen zijn hoofd. Wat een klootzak, een echte klootzak! Die gast moet ermee ophouden. Al bibberen mijn benen nog steeds, ik kan in elk geval weer lopen. Ik loop naar hem toe, mijn hoofd schuddend, maar ik raak het draaierige gevoel niet kwijt. Mijn arm achteruitzwaaien en nu uithalen naar hem, dan houdt hij tenminste op. Mijn vuist schiet langs hem heen en belandt keihard tegen iets van botten. Aah, een klap tegen mijn oor, au, een dreun in mijn maag. Mijn wang ligt op een koele tegel. Lekker koel.

HOOFDSTUK ZES

Sinds Tara mij met een bebloed oor en mijn halve kussen onder de kots in bed zag liggen, is haar quasi vriendelijke toon tegenover mij verdwenen.

'Een tweede Ricardo hier in huis, dat laat ik niet gebeuren. Ben je nou helemaal gek geworden!' Tara knikte naar de kots. 'Is dit wat je wilt? Je bent niet goed wijs.'

Natuurlijk was het absoluut *niet* wat ik wilde. Ik was alleen te beroerd om iets te zeggen. Wel nam ik me voor om nooit, maar dan ook nooit meer een druppel alcohol te drinken. Op dat moment kon ik nauwelijks denken, maar als ik het had gekund, dan had ik in elk geval niet gedacht dat ik de volgende middag op Ricardo's kamer alweer uit een flesje bier zou drinken en dat het niet eens zo slecht zou smaken.

'Op zijn bek, man. Je raakte die hufter op zijn bek! Super!' Voor het eerst had ik in Ricardo's ogen echt iets goeds gedaan. Het gaf me een onwijs goed gevoel. Zomaar ineens voelde ik me energiek, sterk, blij.

Wie ik heb geslagen, weet ik niet. Hopelijk heb ik niet zijn oog geraakt of een andere pijnlijke plek. Ik snap niet dat het, voor zover ik me herinner, zo lekker voelde om iets te raken.

Drie dagen later zit ik in de bus, op weg naar Amber. Mijn kater is over, maar dat gevoel van kracht, van erbij horen, dat is er nog.

Amber zit alweer in de pianokamer als ik binnenkom.

Ze speelt een nocturne van Chopin voor me. Als ze een paar lage noten aanslaat en dan, net iets later dan ik verwacht, weer begint met de melodie, is dat zo kippenvelmooi dat ik in de muziek zou willen verdwijnen.

'… Niels? Niels …?' Ik open mijn ogen.

Amber kijkt me verontwaardigd aan. 'Je moet wel luisteren, anders speel ik het allemaal voor niks.'

'Dacht je soms dat ik sliep? Ik luister zo juist beter,' zeg ik vlug.

'Niels?' Tante Petra blijft de klink van de geopende deur vasthouden. 'Ik heb het washok opgeruimd. Jij slaapt daar vannacht op een luchtbed. Halen jullie de dekens en lakens uit de kast? Doe het maar meteen, want we gaan zo eten.'

Achter Amber loop ik de trap op. Haar heupen wiegen op en neer. Op een of andere manier bezorgt het me rare, warme tintelingen.

'Waarom ga ik niet in het logeerkamerbed?' vraag ik.

'Papa slaapt in de logeerkamer. Hij is daar zo vaak dat het gewoon *zijn* kamer is geworden.' Ze lijkt verdrietig, maar voor ik iets kan zeggen, slaat haar stemming alweer om.

'Vind je het erg, dat washok? Ga je liever na het concert naar huis? Naar Ricardo en zijn vriendjes?'

'Waarom zou ik? Ik heb niks met ze te maken.' Meteen baal ik ervan dat ik zo serieus inga op haar geplaag. Waarom durf ik niet te vertellen dat ik met Ricardo mee ben geweest? Mijn leugens maken dat er afstand is tussen ons. Hoe kan ik ervoor zorgen dat ze een minder slechte indruk van Ricardo krijgt?

'Jeffrey vroeg trouwens nog naar jou, hij vond je een leuk ding.'

'Jeffrey? Dat was toch die jongen die me toen doorliet naar de trap? Nou ja, die was tenminste nog een beetje normaal.' Boven haalt ze een kussen uit een kast en ze gooit het tegen mijn buik. 'Maar hoe weet je dat eigenlijk? Je had toch niks met die jongens te maken?'

'Kom op,' zeg ik, 'je moeder wacht.'

'En, Niels, heb je nog iets bijzonders meegemaakt?' Tante schuift een schaal naar me toe. Begint zij nu ook al? Het lijkt net of zij en Amber van mijn knokpartij afweten.

'Niet echt.' Ik schep een van tantes creaties, een gegarneerde paprika met een of ander deeggeval met klontjes, op mijn bord. Gelukkig zit mijn gehavend oor verstopt achter mijn haar.

Voorzichtig neem ik een hapje van het deeggeval.

Verwachtingsvol kijkt tante me aan. 'Lekker? Het zijn Vietnamese geluks-pannenkoekjes.'

'Uhu.' Met moeite neem ik een tweede hap. Waarom zeg ik niet dat ik er geen zak aan vind? Mama heeft wel eens verteld dat haar broertje en tante al op hun zestiende verkering hadden. Zij en tante waren toen wel eens samen, maar dan hadden ze meestal ruzie. Hoe zat dat ook alweer? O ja, volgens mama had tante ook graag naar het conservatorium gewild, maar ze kwam niet door de toelatingsexamens. Sindsdien probeerde ze in allerlei andere dingen beter te presteren dan mama. Ook in koken? Ach, waarom zou ze? Mama is toch al dood.

'Pap, ik heb geen honger meer. Mag ik het laten staan?' vraagt Amber.

'Je doet maar.' Ongeïnteresseerd staart hij voor zich uit.

'Ik heb me niet voor niets uren uit staan sloven in de keuken,' zegt tante. 'Je eet gewoon je bord leeg.'

Waarom schreeuw ik niet in haar gezicht dat ze haar kop moet houden? Als het moet, zeikt Ricardo zelfs zijn eigen moeder af. Die zou met een tante geen moeite hebben. Ik ben een schijterd.

Vlak voor mij loopt Amber de concertzaal in, zoekend naar onze plaatsen. Ik ga voor het eerst van mijn leven naar een echt concert. Ze ziet er anders uit dan normaal. Ze heeft een strakke, chique donkerblauwe jurk aan. Aan haar oren hangen steentjes in verschillende kleuren en vormen. Nooit eerder heb ik haar zo gezien, zo ongelooflijk mooi.

Op het podium wacht een enorme vleugel met glanzende toetsen op de concertpianist. Van de stoelen voor de orkestleden zijn er al een paar bezet: twee violisten, een cellist en een klarinettist zijn voor zichzelf aan het inspelen. Overal lopen oude mensen, met het programmaboekje in de hand. Sommigen kijken verbaasd naar mij en Amber. Hebben ze hier soms nog nooit jongeren gezien?

De stoelen zijn als in een bioscoop: je moet de zitting omlaag drukken en ze zijn heerlijk zacht. Ik probeer zo onderuitgezakt mogelijk te gaan zitten, relaxed zoals Ricardo altijd doet.

'Ga eens netjes zitten, Niels,' zegt tante Petra. 'Je bent hier niet thuis.'

Meer en meer ouderen komen de zaal binnen.

'Kom, jongens, even opstaan, dan kunnen die twee dames passeren,' zegt tante. Ik kom overeind. Maar waarom eigenlijk? Als die twee oudjes zich klein maken, kunnen ze er best langs. Amber geeft me een duwtje, ik stoot tegen de eerste vrouw aan.

'Toe nou, jongens,' zegt tante, 'kan dat nou echt niet anders?'

Het voelt goed dat er tussen Amber en mij niks veranderd lijkt, ze plaagt en giechelt zoals altijd.

Inmiddels zijn zowat alle orkestleden al op het podium. Als plotseling het licht wordt gedimd, is het ineens stil. Natuurlijk krijg ik nu een kriebel in mijn keel, op de verkeerde momenten komt er zo'n kriebel op, daar kun je donder op zeggen. Maar ik hoest niet.

In een statig pinguïnpak loopt eerst de dirigent en daarna de pianist het podium op. Nu iedereen applaudisseert, doe ik het ook. 'Nooit als eerste gaan klappen,' had Amber me van tevoren geadviseerd. 'Het zou echt iets voor jou zijn om als enige te klappen.' Vindt ze mij dan zo'n sukkel? Ik durfde het haar niet te vragen.

Met zijn rug naar het publiek gaat de dirigent op een verhoging staan. Allebei zijn handen – de ene vrij en de andere met een stokje – stil in de lucht houdend, wacht hij tot de pianist helemaal goed achter de vleugel zit. Nog maar net beweegt de dirigent langzaam zijn handen en zijn de zachte tonen van de violen te horen, of ik *moet* hoesten. En niet zomaar één keer, maar een paar keren. Gelukkig draait de dirigent zich niet naar mij om en de toeschouwers op de rijen voor mij ook niet. Ambers handen liggen op haar schoot, haar duimen heeft ze omhooggestoken, ze weet dus dat ik naar haar kijk.

Als mama hier was geweest, zou ze ook genieten. De muziek is lieflijk en sprankelend. Ook de pianist vindt de muziek prachtig, want hij danst zittend op zijn kruk bij vrolijke stukken en houdt zijn ogen gesloten.

Het tweede deel van het pianoconcert gaat veel langzamer en is saai. Ik leg mijn arm op de leuning van mijn stoel. De arm van Amber ligt tegen de mijne aan. Ik voel de warmte van haar arm. Zoiets simpels, twee armen tegen elkaar, waarom is dat zo fijn? Het kan me niet schelen dat ik het niet begrijp, ik laat mijn arm gewoon liggen en druk hem zelfs nog iets meer tegen haar aan. Maar nu stoot zij mijn arm hard van de leuning af, zo onverwachts dat mijn lichaam aan die kant omlaag zakt. Ze giechelt gesmoord.

Waarom staat tante nou ineens op? Aan haar gebaren te zien wil ze per se dat zij en Amber van stoel wisselen. Amber schudt eerst van nee, maar komt uiteindelijk toch van haar stoel af.

Mokkend zit ze nu tussen haar ouders in.

Een paar minuten later klinkt er naast me gefluister. Ik kijk opzij, Amber is opgestaan. Tot mijn verbazing loopt ze zijwaarts langs tante Petra en langs mij en ze gaat zo verder tot ze de rij uit is. Door de achteruitgang verlaat ze de zaal.

Ik buig naar tante toe. 'Wat is er met haar?'

'Ze voelt zich niet lekker,' fluistert tante Petra terug. 'Ze moet overgeven.'

Waarom gaat tante niet met haar mee? Misschien kan ze wel wat hulp gebruiken.

'Ik ga naar Amber,' fluister ik tante toe.

'Blijf jij nou maar gewoon zitten.' Ze klopt twee keer zachtjes op mijn been.

Het kan me niet schelen dat het onbeleefd is, ik schuif toch langs de knieën van geïrriteerde toeschouwers, stap de rij uit en hol naar de wc's. Daar, helemaal aan het einde van de lange gang, loopt Amber, richting de uitgang van het gebouw. Ik ren naar haar toe. Ze is al buiten. In de buurt van het skatepark ploft ze neer op een betonnen bloembak.

Ik ga voor haar staan. 'Je moest toch overgeven?'

'Natuurlijk niet! Ik moest daar gewoon weg.'

Ik kijk even om. Drie jongens, wat ouder dan ik, skaten als vogels op de halfpipe.

Ik ga naast haar op de stenen rand zitten.

'Altijd dat pianogedoe,' zegt ze. 'Zelf moet ik al zo veel spelen en dan gaan we ook nog naar een pianoconcert.'

'O, sorry', roept een jongen die ineens vlak voor me op de grond ligt. Zijn skateboard rolt verder.

Amber moet lachen. 'Maakt niet uit. Gaat het?'

'Het is niet de eerste keer dat ik op mijn bek ga.' De jongen krabbelt overeind, een rode band houdt zijn lange haren bij elkaar. 'Hoe heet je?'

'Niels,' zeg ik hard. Zo overstem ik Amber tenminste, die haar naam op hetzelfde moment zei. Je zou zeggen dat die gast nu weet dat ik hier ook zit. Het interesseert hem duidelijk niet.

Zijn slappe handje beweegt hij even naar Amber omhoog. 'Joep,' zegt hij. 'Wat ben je aan het doen? Wil je misschien op mijn skateboard?'

'Ja, daag. In deze jurk, zeker.'

De jongen gebaart naar de halfpipe. 'Kom je kijken dan?'

'Donder toch op, ballenneuker!' zeg ik. 'Laat ons met rust.'

Verbaasd staart ze me aan. Dan draait ze zich naar de jongen. 'Laat maar.'

'Nou … ajuus dan.' Steppend rijdt hij op zijn skateboard weer naar de halfpipe.

Ik schud mijn hoofd. 'Wat een eikel. Ik had zijn kop in mekaar moeten schuppen.'

'Wat mankeert jou ineens?' Om me beter te kunnen zien schuift ze over de stenen rand wat van me af. 'Zo stoer ken ik je helemaal niet.' Er zit een spottende toon in haar stem. Ze moest eens weten dat ik iemand op zijn bek heb geslagen.

'Zag je niet dat hij iets van je wilde?'

'Ach, zielig, hoor. Krijg jij niet genoeg aandacht?' Lachend duwt ze tegen me aan. Als we vroeger stoeiden, was Amber altijd sterker dan ik, maar de laatste tijd niet meer. Om haar een plezier te doen laat ik haar meestal toch winnen, maar nu trek ik haar naar achteren, zodat ze tussen de bloemen terechtkomt. Over drie maanden ben ik veertien. Dan gaat het eindelijk de goeie kant op. Dat Amber dan vijftien is, maakt niet uit. Meiden krijgen toch geen echte spieren.

Goed zo, oom en tante zijn al naar bed, ieder naar zijn eigen kamer. Nou hoef ik in elk geval dat gemauw niet meer aan te horen. Terwijl ik mijn tanden poets, zie ik in de spiegel boven de wasbak dat mijn haren niet meer alle kanten uit steken. Zo plat lijken ze minder stoer. Zal ik me kaal laten scheren? Dan zal Amber nooit meer spottend *zo stoer ken ik je helemaal niet* zeggen.

Stappen van blote voeten op de gang. Daar zul je haar hebben. Ik kijk naar de spiegel en sla meteen mijn ogen neer. Jezus, staat ze daar achter mij in de deuropening van de badkamer, met alleen maar een strak T-shirt en een onderbroekje aan. In komische films slikken kerels overdreven als ze een blote vrouw opmerken. Het is belachelijk, maar ik moet ook slikken nu ik opnieuw in de spiegel kijk. De vormen van haar borsten en haar tepels komen duidelijk door de dunne stof van haar T-shirt heen, en haar benen … tot haar liezen bloot. Haar dijen zijn niet dik, maar ook niet meer zo dun als vroeger. Ze zijn mooi vol, met een zachte, gladde huid. Ik kan mijn ogen er niet van afhouden. Idioot snel poets ik mijn tanden. Goed dat ik mijn haren nog heb, anders zou ze aan mijn glimmende schedel kunnen zien dat ik zweet als een gek.

Het is of ze weet wat ik denk. Met een hand wrijft ze door mijn haren.

'Nou, welterusten,' zegt ze. Waarom doet ze weer zo moederlijk? Toen we klein waren en af en toe bij elkaar logeerden, had ze daar al een handje van. Ze moet daar eens mee ophouden.

Het raam in het washok staat open en toch ruikt het hier naar zeep. Het luchtbed is niet genoeg opgepompt, ik zak erin weg. Vroeger mochten we op elkaars kamer slapen. Fluisterend kletsen en stoeien, het was altijd feest. Ik kan niet slapen, misschien zij ook niet. Als we allebei wakker zijn, waarom zouden we dan niet nog wat kletsen?

In mijn boxershort en T-shirt sluip ik over de gang, mijn hart klopt in mijn keel. Nu haar deur openen.

'Amber?' fluister ik.

'Ja.'

Waarom weet ik nou niks te zeggen? Ik doe een paar passen naar haar toe.

'Heb je het niet koud zo?' vraagt ze zachtjes. Ze slaat haar dekbed wat open. 'Kom maar even lekker bij je grote zus liggen.'

Nou doet ze alweer zo raar moederlijk, maar deze keer vind ik het niet erg.

Een koortsige gloed glijdt door mijn lichaam. Ik lig op mijn zij, zij achter mij. Haar knie raakt de achterkant van mijn dijbeen. Ze legt een hand op mijn schouder. De warmte van haar lichaam is vlakbij. Dit lijkt op mama's gloeiende elektrische deken. Ambers vingers draaien weer krulletjes in mijn haren. Haar hand komt tegen mijn oor aan en stopt. Ze gaat nu met één vinger tastend over mijn oorschelp.

'Een flinke wond,' fluistert ze.

'Gevallen.'

'Precies daar op je oor? Dat kan bijna niet.' Ze praat niet verder, het lijkt erop dat ze een antwoord verwacht, maar ik zeg niks.

'Heb je een klap gehad?'

'Neehee.' Ik krijg het warm.

Haar vinger kruipt van mijn oorlel naar mijn nek. Boven mijn boxershort schuift haar andere hand onder mijn T-shirt omhoog. Ze kriebelt mijn rug.

'Schrijf je iets?' fluister ik.

'Kun je het lezen?'

'Als je opnieuw begint.'

Langzaam sliert haar vinger over de huid onder mijn schouderbladen.

'Een S,' zeg ik. 'Een O.'

'Nee.' Ze giechelt en doet de tweede letter nog eens.

'Een U.' De volgende letters herken ik makkelijk: P, E en R. Daarna twijfel ik tussen een Z en een N.

'Wat ben jij dom! Natuurlijk een N.' Opnieuw giechelt ze. Als de letter daarna een I is, weet ik het woord al, maar ik laat het haar helemaal uitschrijven: SUPERNIELS. Ook nu ik me van mijn zij op mijn buik draai, kan ze niet zien hoe gelukkig ik me voel. Daarvoor is het te donker.

'Mijn beurt,' fluister ik. Ik duw haar op haar rug. Met mijn hand ga ik voorzichtig onder haar T-shirt, ze laat het toe. Haar buik is klam. Oppassen dat mijn vinger tijdens het schrijven niet wegglipt. Wat is dat? Ik schrik me te pletter. Het was of er een siddering door haar lichaam schoot.

'Deed het pijn?' vraag ik.

Ze geeft geen antwoord, maar pakt mijn hand en schuift hem terug naar haar buik. Mijn hart klopt in mijn keel, ze wil dus dat ik haar aanraak. Zwetend schrijf ik verder. Alweer kronkelt ze even. Waarom doet ze dat? Niet op letten, me concentreren op de B die ik aan het schrijven ben.

Als ik het woord SUPERAMBER af heb, slaat ze haar armen om mijn nek.

'Origineel ben je,' zegt ze. We proberen bedekt te lachen, maar hoe langer het duurt, hoe slechter het lukt.

Totaal onverwachts gaat de deur open. In het licht dat van de overloop naar binnen valt, staat tante. In een film kun je verwachten dat er zoiets gebeurt, maar Amber en ik hadden er nu niet op gerekend. Sprakeloos en roerloos kijken we naar tante.

'Wat heeft dit te betekenen? Waar denk jij dat je mee bezig bent?'

80

Tante stuift op ons af, pakt Amber bij haar bovenarm vast en trekt haar uit bed. 'Zelfs het kleine beetje vertrouwen dat we nog in je hadden, moet je misbruiken. Jij gaat *nu* naar beneden, je gaat maar op de bank slapen.'

Gauw me met de deken bedekken, zo kunnen tante en Amber mijn boxershort tenminste niet zien.

'En Niels, van jou valt het me ook tegen. Ga maar naar het washok,' roept tante nog. 'Dit had ik niet van je verwacht.'

HOOFDSTUK ZEVEN

De laatste tijd doet Ricardo niet moeilijk meer als ik zijn *heiligdom* in ga. Wel hield hij tot nu toe bepaalde spullen voor mij verborgen in een kist, maar dat is niet zo gek. Ik wil ook niet dat hij aan de doos met mama's spulletjes komt. In tegenstelling tot mijn doos kan Ricardo's kist op slot. Ricardo heeft gezegd dat hij en zijn vader nooit contact hebben. Hij weet niet eens of zijn vader nog leeft. Zitten er in die kist herinneringen aan zijn vader?

Ricardo zit in zijn bureaustoel, zijn vingers hebben een sleuteltje vast. 'Die muil van jou ... als je die hierover ooit opendoet ... sla ik je dikke darm uit je buik.'

Ik knik. Waarom maakt hij het zo geheimzinnig? Heeft hij misschien zijn speelgoed van vroeger bewaard? Schaamt hij zich daarvoor?

'Nou opletten', zegt Ricardo, 'dadelijk maak ik de kist open.' Ik heb er nooit om gevraagd. Integendeel, ik heb gedaan of die kist me totaal niet interesseerde. Dit is mijn beloning.

'Je zegt het tegen niemand, helemaal niemand. Duidelijk?' Ricardo ziet er niet uit als iemand die zich schaamt en ook niet als iemand die een vriend een voorrecht verleent. Het lijkt er eerder op dat hij denkt dat hij nu wel moet.

Voorzichtig steekt hij het sleuteltje in het slot. Langzaam doet hij de kist open.

Shit. Ik weet even niet wat ik moet denken, laat staan wat ik moet zeggen. Dit had ik niet verwacht! Nog nooit heb ik een wapen in het echt gezien, maar nu kijk ik in één keer naar een kist vol vlijmscherpe messen, een boksbeugel, een honkbalknuppel, een ketting …

Hij haalt er een kapmes uit. 'Gaaf, hè?'

Ik pak mijn fles bier van de grond en neem een slok.

Zuchtend legt hij het mes terug. 'Je lijkt wel zo'n zeikwijf … doe niet zo verbaasd, man.' Hij heft zijn armen zijwaarts op. 'Zo werkt dat gewoon … iedereen heeft wel een mes of zo. De anderen gebruiken de smerigste wapens … we moeten wel.'

'Het lijkt me best gevaarlijk,' zeg ik.

'Je moet het zo zien …' Hij buigt wat voorover. '… Waarom denk je dat ik iemand in mekaar ram? Voor mezelf?'

Ik haal mijn schouders op.

Verontwaardigd lacht hij een beetje. Met zijn hand tikt hij tegen zijn voorhoofd. 'Natuurlijk voor de groep. Je vecht voor de groep. Die wordt zo alleen maar sterker. Slappe gasten, je weet wel, meelopers, daar hebben we geen flikker aan. Die houden het toch niet vol, die vallen vanzelf af.'

Het is even stil. Liefdevol strijkt hij met een paar vingertoppen over de wapens, hij snijdt zich net niet.

'Maar moeten die zwakken dan in een eigen groep?' vraag ik.

'Precies!' Zijn ogen fonkelen. 'Zo werkt de natuur. Je moet bij je eigen soort blijven, altijd.'

'Dan winnen de sterken. Dat is niet eerlijk.'

'Dat is juist *wel* eerlijk. De sterken moeten de leiding hebben over de zwakken, want dat kunnen ze zelf niet. Daardoor wordt de natuur ook sterker. En dat is toch wat de natuur wil?'

'En vrouwen dan? Die zijn nooit sterk genoeg.'

'Vrouwen zijn er alleen om kindjes mee te maken.'

Waar slaat dat nou op? Waarom kan Amber dan beter pianospelen dan alle mannen bij elkaar? Het heeft weinig zin om zulke dingen tegen

Ricardo te zeggen, hij gelooft toch alleen maar wat hij zelf in zijn hoofd heeft. Waarom blijf ik naar hem luisteren?

'… dat gaat over kindjes maken,' zegt hij. 'Dat is iets heel anders … onze groep gaat over vechten. Maar voor sterke kindjes moet je natuurlijk ook een sterke vrouw zoeken … Simpel, toch?'

Nu heeft hij toch echt ongelijk. Amber is best een sterk meisje, maar als wij samen een kind zouden krijgen, dan heb je een grote kans dat het gehandicapt is, omdat wij neef en nicht zijn, dat heeft tante tenminste tegen Amber gezegd toen ze zo boos was. Toen ze dacht dan Amber en ik aan het vrijen waren of zo. Maar Ricardo heeft in zijn eigen ogen altijd gelijk. Dat maakt het moeilijk om tegen hem in te gaan.

Plotseling drukt hij de kist dicht en hij draait hem op slot. 'Politieagenten … dat zijn pas echte klootzakken. Die zijn altijd tegen ons.' Met gefronste wenkbrauwen kijkt hij me aan. 'Als ze me te grazen nemen en die schoften stoppen me in een cel, weet je wat jij dan moet doen?'

Ik schud mijn hoofd.

Hij staat op van zijn bureaustoel. 'Het zit er dik in dat ze hier dan een huiszoeking komen doen. Meteen als je hoort dat ik ben opgepakt, haal je deze kist hier weg. Verstop hem op je eigen kamer, of beter nog: in de tuin. Hier, de sleutel van m'n kamer. Zweer dat je die alleen gebruikt als ik opgepakt word.' Ricardo kijkt me strak aan, ik knik. Hij doet een stap naar de cd-speler, drukt op play en zet zijn heftigste hardcore loeihard.

Amper twee pilsjes heb ik op, toch zie ik de straten waar ik doorheen fiets minder helder dan normaal en moet ik erop letten dat ik recht rijd. Irritant. Aan Ricardo en zijn vrienden merk je niks, tenzij ze zich helemaal hebben volgegoten met sterke drank. Waarom kan ik er niet net zo goed tegen als zij?

Wat een timing. Meestal ben ik te vroeg als ik een afspraak heb, maar precies op het moment dat ik het busstation op rijd, stapt Amber uit de bus.

Met een hand het stuur van mijn fiets vasthoudend, sla ik mijn andere arm om haar schouders. Ze geeft me een knuffel. Ik kan me niet inhouden en kus haar op haar wang. Zachtjes duwt ze me terug.

'O,' zeg ik lachend, 'dat mag natuurlijk niet, anders krijgen we misschien wel een ziek kind.'

'Heb je bier op?' vraagt ze. 'Zo ruikt het tenminste.'

'Twee flesjes maar.'

'Met je grote vriend Ricardo zeker.'

Ik stap weer op mijn fiets. 'Denk je nou echt dat ik met niemand anders bier kan drinken?'

Ondanks mijn slap aanvoelende benen en Amber die achterop zit, rijd ik best recht. In de laatste bocht naar huis springt ze onverwachts van mijn fiets en ze lacht omdat ik mijn evenwicht verlies.

In de keuken maak ik wat tomatensoep. Voor zover ik weet, is er niemand thuis behalve Ricardo. Hij zal zich nu wel koest houden tegenover Amber en mij. Wie gaat er nou kloten tegen de jongen die op je wapens moet passen? Met de pollepel in mijn hand leun ik tegen Amber.

'Ga ergens anders tegenaan hangen.'

'O ja, we mogen niet meer bij elkaar komen. Laat staan zo dichtbij.' Ik roer met de pollepel een paar keer door de soep. 'Wat lult je moeder nou? Belachelijk dat we elkaar niet mogen zien.'

'Ze wil nou eenmaal de baas spelen. Moeders, vreselijk gewoon. Het klinkt stom, maar soms mag je blij zijn dat je er geen meer hebt.'

'Mama was gelukkig niet zo,' zeg ik snel.

'Nog veel strenger zeker.'

'Hoe kom je erbij?'

'Misschien weet je het niet meer, maar ik kwam vroeger vaak bij je thuis,' zegt ze op een sarcastische, betweterige toon. 'Dat …' Ze stopt omdat de bel rinkelt.

'Wacht even.' Ik loop naar de voordeur.

Het is Jeffrey met een krat bier. We drukken onze vuisten tegen elkaar.

'Ik blijf beneden, mijn nicht is er,' zeg ik.

'Waarom neem je haar dan niet mee naar Ricardo's kamer?'

'Je bent gek.' Ik doe een stap opzij. 'Loop maar even mee naar de tuin.'

Hij zet het krat bier op de grond en volgt me.

'Amber heeft het niet zo op hooligans. Hou je een beetje gedeisd, oké?' zeg ik.

Buiten is Amber bezig tuinstoelen open te vouwen. Hij geeft haar netjes een hand. Terwijl hij een kop soep eet, vraagt hij haar van alles. Over school, thuis, de reis hiernaartoe, pianospelen …

De soep is heet. De zon ook, ik word misselijk. Dat verdomde bier ook elke keer. Amber zit naast mij te praten. Ik probeer het wel te volgen, maar mijn maag eist alle aandacht op.

Ineens is Jeffrey weg.

'Nou,' zeg ik, 'dat viel best mee, toch? Het zijn geen monsters.'

Amber legt haar achterhoofd in haar nek, haar gezicht naar de zon, haar ogen dicht.

Prima. Ik doe ook mijn ogen dicht.

'Hé, Niels.' Ineens hoor ik weer Jeffreys stem. 'Ik moest van Ricardo vragen of je even naar hem toe wilt komen. Hij wil iets zeggen of zo.'

Nou moet ik met dat rottige gevoel in mijn maag ook nog opstaan zeker. 'Waarom komt hij dat niet zelf vragen?'

'Ja, gast, dat weet ik ook niet. Ga nou maar.'

Boven in zijn kamer kijkt Ricardo me vanuit zijn bureaustoel aan met een gezicht van: wat moet jij nou weer hier?

Ik doe een stap naar hem toe. 'Jeffrey zei dat je iets wilde zeggen.'

'Ik?' Ricardo begint te snuiven. 'Is dat nichtje van jou er soms nog?'

Ik knik.

'Elke meid die hij wel ziet zitten … daar gaat hij op af, de stomme loser. Hij zoekt het maar uit.' Ricardo trekt een knie zijwaarts op en legt de voet op zijn andere knie. 'Hé, maak eens een pilsje voor me open.'

Ik trek gehoorzaam een flesje uit de kleine koelkast.

'Neem er zelf ook maar een,' zegt hij met een vlakke stem.

'Ik moet eigenlijk terug,' zeg ik.

'Sukkel. Het is maar je nichtje en ... wees blij dat iemand anders haar gezelschap houdt. Pak dat bier nou maar.'

Vanuit de fles laat ik wat pils in mijn mond stromen. Het smaakt niet meer zo smerig als eerst.

Ricardo slaat tegen het beeldscherm. 'Kloteapparaat ... waarom opent dat ding die bijlage niet?'

Ik leg hem uit wat hij verkeerd doet. Dan sluip ik weg. Op de overloop blijf ik bij het raam staan. Amber zit in haar tuinstoel aandachtig te luisteren, heel aandachtig zelfs. Half over haar heen gebogen, staat Jeffrey naast haar, zijn hand steunt op de rand van haar tuinstoel. Ik hol de trap af, laat in de keuken mijn volle fles bier in de gootsteen vallen en loop naar buiten. Jeffrey kijkt om.

Ik duw hem hard tegen zijn schouder. 'Ricardo had helemaal niet gevraagd of ik kwam.'

Op een overdreven manier wankelt hij opzij. Zijn armen houdt hij hoog in de lucht. 'Ga ergens anders knokken, man. Is het soms verboden om een grapje te maken?'

'Als jij zo nodig een meisje wilt versieren ...'

Jeffrey maakt zich breed. 'Jij bepaalt toch niet met wie ik praat?'

'Laat haar gewoon met rust,' zeg ik.

'Hij heeft me anders heel wat boeiends verteld, hooligan,' roept Amber verwijtend. 'Over jou.'

'Verdomme. Waar heb je het over gehad, man!' Ik wil Jeffrey opnieuw een zet geven, maar die grijpt mijn pols. In één snelle beweging draait hij mijn arm op mijn rug. Stevig houdt hij mijn pols tussen mijn schouderbladen gedrukt. Me meteen lostrekken van hem. Aah! Het doet zeer als hij mijn pols omhoogduwt. Rotventje, op zijn bek slaan, dan zou hij wel oprotten. Maar die ijzeren greep van hem verslapt geen seconde.

'Iemands arm omdraaien, zo kan ik het ook!' zeg ik.

'O ja?' Hij knijpt extra hard in mijn pols. 'Doe het dan! Nou? Doe het dan!'

Wild stoot ik met mijn hoofd achteruit, maar ik raak hem niet. 'Je bent te laf om gewoon te vechten.'

'Zie je hoe gewelddadig hij is? Echt levensgevaarlijk,' zegt hij tegen Amber. Zijn spottende toon slaat nog aan ook, Amber lacht irritant hard.

'Kom op, man!' roep ik.

Opnieuw drukt hij mijn pols wat omhoog. 'Doet het pijn dan?'

'Welnee,' zegt Amber. 'Hoe kom je erbij? Niels is een stoere jongen.'

'En nu opzouten, Niels.' Hij geeft mijn arm nog een pijnlijke draai en duwt me naar de openstaande keukendeur.

In de kamer laat ik me op de bank neervallen. De pijn verandert in woede. Amber heeft liever Jeffrey. Moet ik dan maar mijn vrienden opzoeken in het Vagevuur? Bij de gedachte aan bier word ik alweer misselijk.

Ik kan Amber en Jeffrey niet verstaan. Ze blijven praten, aan één stuk door.

Eindelijk komt het gepraat en gelach dichterbij. Amber en Jeffrey stappen de keuken binnen.

'Hé, chickie, ik zie je nog wel,' hoor ik hem zeggen.

De voordeur gaat open en weer dicht, blijkbaar smeert hij hem zonder nog iets tegen Ricardo te zeggen.

Daar is Amber weer. Zwijgend blijft ze midden in de woonkamer staan. Deze stilte kan ik niet langer aan.

'Waar ben je nou allemaal mee bezig?' vraag ik.

'Dat moet jij nodig zeggen. Ik lieg tenminste niet. Als jij met Ricardo en die anderen wilt optrekken, moet je dat zelf weten. Mijn vrienden zijn het niet, dat weet je.'

'O. En daarom klets jij een halfuur met Jeffrey? Je zult me wel niet geloven, maar volgens mij kwam hij hier voor Ricardo. En ik kan me vergissen, maar volgens mij is hij hier al heel vaak voor Ricardo gekomen.'

'Je hoeft niet zo sarcastisch te doen. Jeffrey is in elk geval eerlijk. Hij wil met de groep kappen.'

Ik zet de tv aan met het geluid op zijn hardst, zoals Ricardo zou doen. Amber trekt haar jas aan. 'Ik ga, je hoeft me niet naar de bus te brengen.'

Automatisch werp ik weer een blik op mama's foto, op haar lieve gezicht. Wanneer zal ik nou eens langs mijn kast lopen zonder naar haar foto te kijken? Natuurlijk wil ik haar mooie glimlach en blije ogen blijven zien, maar alleen als ik het zelf wil en niet uit gewoonte. Haar foto opbergen? Dat kan ik niet maken. Dan lijkt het of ik niets meer van haar wil weten. De doos met mama's spulletjes staat achter een berg kussens. Ik heb geen tijd meer om steeds aan haar te denken. Als ik me niet regelmatig in het Vagevuur laat zien, lig ik eruit. Ricardo, Wesley, Daan ... zelfs Dikke Dirk kan ik mijn vriend noemen.

Ik trek mijn oude spijkerbroek aan en mijn trui met capuchon. Nooit eerder ben ik bij een wedstrijd geweest. Voetbal is saai, maar ik zal er toch een keer mee naartoe moeten, ik kan niet weer een smoes verzinnen. Uit de hoek van mijn kamer pak ik de geel-wit gestreepte sjaal en vlag. Ineens is mama daar weer. Ik zie haar op me aflopen. Of ik nu wil of niet, ik denk aan haar. Het rare is dat ze boos kijkt.

Ik weet het nog precies, ik was een jaar of vijf. Naast me zat een andere jongen. In mijn ene hand had ik een raceauto, met de andere zwaaide ik naar haar. Haar in zwarte pumps gestoken voeten bleven vlak voor de raceauto stilstaan. 'Jongen toch! Waar was je? Als je bij een vriendje gaat spelen, moet je het tegen mama zeggen. Dat weet je heel goed.' Plotseling herinner ik me duidelijk haar verwijtende blik. Die akelige ogen. Mama was eigenlijk af en toe best boos.

Ik trek de la van mijn bureau open. Apart van de pennen, de potloden, de paperclips en de nietmachine zie ik het toegangskaartje voor de wedstrijd. Het ligt daar alsof het niet zomaar een kaartje is. Alsof het een kaartje is dat mijn leven verandert. Ik hoor bij een club.

Op een of andere manier voel ik dat mama in de buurt is.

'Mama, kijk niet zo naar me. Miljoenen supporters bezoeken voetbalwedstrijden. Waarom mag ik dat dan niet?'

Vlug stop ik mijn kaartje in mijn portemonnee.

Op de overloop, bij de gesloten deur van Ricardo's kamer, roep ik zijn naam. Het blijft stil. We hadden om halftwaalf afgesproken. Probeert hij me in de zeik te nemen?

Beneden is hij ook nergens.

'Ricardo is al vertrokken,' zegt papa. 'Is het nou wel verstandig, joh, om weer met hem mee te gaan? Tara heeft het liever niet, dat weet je.'

Ik loop naar de hal. Ik heb geen zin in papa's halfslachtige gedoe. 'O, en daarom moet ik me hier een beetje gaan zitten vervelen? Of moet ik soms eekhoorntjes gaan zoeken? Wat vind je nou zelf, pa?' Zo, eindelijk zeg ik eens tegen iemand waar het op staat.

Peinzend staat hij naar zijn schoenen te staren. Dan kijkt hij weer op. 'Ik weet dat je niet houdt van wandelen in de natuur. Maar er is zo veel moois in de wereld, joh. We kunnen samen andere dingen doen.'

'Je snapt er gewoon helemaal niks van.' Zonder te groeten ga ik naar buiten.

Het is nog ochtend, maar het Vagevuur is al stampvol. Meteen zing ik mee. Sommige gasten kloppen me op de schouder, we begroeten elkaar. We springen op het ritme van de muziek. Ricardo staat midden in de menigte, hij ziet me niet. En Jeffrey? Nergens te bekennen. Zou hij bij Amber zijn? Uit de sms'jes die ze me heeft gestuurd, valt alleen maar af te leiden dat ze hem leuk vindt. De hufter! Ik haal mijn mobieltje uit mijn zak. Terwijl ik me schrap zet tegen de menigte, kijk ik opnieuw in de inbox.

Hoi Niels. Sorry, ik hoop dat je niet boos bent. Ik ken Jeff nu een beetje. Volgens mij bedoelt hij het niet zo kwaad.

Ik ga naar verzonden items.

Je noemt hem al Jeff. Zijn er nog meer dingen die ik moet weten?

Ik voel een arm om mijn nek. En nog een. Van Wesley en Adri, ze trekken me de menigte in. Ambers volgende sms'je kan ik niet lezen, maar ik weet nog dat het een vaag antwoord was waar ik helemaal niks mee kon. Nu niet aan haar denken, gewoon lol maken. Hoewel hier niemand van de club is die straks tegen onze club gaat spelen, schreeuwen we met z'n allen alvast: 'Klootzakken-klootzakken-klootzakken! Boeren-boeren-boeren!'

Natuurlijk wijken de gewone toeschouwers voor ons opzij. Zo'n vijftig supporters die zingend en ritmisch klappend bij het stadion aankomen, dat is niet niks. Toeschouwers die met hun kaartje in de hand gewoon blijven staan en het vertikken om een doorgang voor ons open te laten, duwen we weg. Een paar meter van me af zit een agent hoog op een paard. Hij doet niks.

Ik zet mijn capuchon op en buig mijn hoofd. Achter een stel ruggen aan passeer ik poortjes en suppoosten. Een kerel controleert mijn kaartje, een andere fouilleert me. Automatisch kijk ik daarna achterom. Zou Ricardo een mes op zak hebben? Blijkbaar niet, hij mag gewoon door. Met grote passen lopen de anderen de brede, stenen trap op. Een paar treden tegelijk nemen, waarom lukt mij dat nu niet? Ik heb tenslotte minder bier op dan zij. Was ik ook maar zestien.

Boven aan de trap blijf ik staan. Beneden voor me ligt het voetbalveld, omringd door duizenden toeschouwers.

'Mooi grasmatje, hè?' Ricardo stoot met iets tegen mijn arm, het zit vol gaten waarin bekers bier hangen. De wedstrijd is niet eens begonnen, maar ik voel nu al dat ik misselijk word van het bier. Ik pak een beker en neem een heel klein slokje.

'Gaaf, man. Onze club,' zegt hij, 'daar wil je toch altijd bij zijn?'

'O ja?' zeg ik. 'Waar is Jeffrey dan?'

'Die loser heeft weer eens een meid aan de haak geslagen. Op hem kun je gewoon niet rekenen.'

'De zak,' zeg ik.

Ricardo schuifelt tussen een paar supporters door in de richting van vak G. Zijn bekertje is al bijna leeg.

'Ik wil best bier halen, maar ik ben blut,' zeg ik.

'Komt goed. Je kunt thuis van mij lenen.'

Overal supermooie zitplaatsen in vak G, maar iedereen staat. Sommigen snappen niet dat ze gruwelijk in de weg staan. Ik wurm me achter Ricardo aan tot bij Daan en Dikke Dirk. Schreeuwend schelden ze naar vak H. Daar is alles en iedereen in het blauw. Wat zingen die blauwen nou voor een stom lied? Ik ken het helemaal niet.

'Dat kutclubje! Die kloteboeren ... ze denken dat ze hier wat te vertellen hebben,' roept Ricardo.

Ook hij begint te schelden. Hij schreeuwt de longen uit zijn lijf, maar het moet nog harder kunnen. Zijn stem is lager en voller dan de mijne. Maakt niet uit, gewoon keihard gillen! De keel met bier opfrissen en gillen. En ineens juichen. Waarom? Shit, die supporters voor me ... ik zie geen donder. O, de spelers komen het veld op.

Trouwens, ik wil helemaal niet naar die vliegende bal kijken. Lekker zitten, even rust voor mijn stem. Weer een bekertje leeg. Leuk om het onder mijn hak plat te kraken.

O, wat nu weer? Iedereen begint weer naar vak H te schelden en te schreeuwen. Ik sta op. Wat een vreselijke eikel daar aan de voorkant van vak H! Wie gaat er nou op onze geel-witte vlag kotsen? Dan vraag je erom. Opnieuw gejuich, maar nu alleen om me heen. Die irritante jongens voor me, laat me toch ook wat zien. Oké, dat is het: Daan en Wesley proberen beneden, aan de kant van het veld, naar vak H te komen. Hé, verdomme, daar heb je Jeffrey ook nog! Dat moet Ricardo weten. Hem aanstoten ... Shit, iets te hard.

'Wat doe je nou?' Zo chagrijnig hoeft hij dat niet te zeggen, zo erg was het nou ook weer niet. Waarom kijkt hij nou helemaal verkeerd langs mijn wijzende vinger?

'Daar, bijna beneden ... Jeffrey.' Hèhè, mijn geroep helpt. Nu Ricardo achternalopen. Goed, zoals hij zich een weg baant tussen supporters en stoeltjes door. Zijn we al bij Jeffrey?

'Het is de laatste keer geweest!' zegt Ricardo. 'Anders flikker je voortaan maar op!'

'Ja, flikker maar op,' zeg ik.

Jeffrey houdt zijn armen even zijwaarts van zijn lichaam af. 'Sorry, gasten, ik kon echt niet eerder weg.'

'Je wilde niet eerder weg, want je had 'm nog in je wijfie hangen,' zegt Ricardo.

'Als jij één poot naar Amber durft uit te steken.' Mijn stem klinkt raar schor.

Jeffrey kijkt naar mij. 'Ben jij soms haar bodyguard?'

Hem op zijn bek slaan. Iemand moet hem op zijn bek slaan. Ik laat het aan Ricardo over. Maar die draait zich om. Jammer.

Nog altijd zijn de twee salamipizza's niet klaar. Uit de koelkast pak ik de mayo en ketchup, ik zet ze op het dienblad naast de twee grote borden.

Ineens verschijnt Tara in de deuropening van de keuken. 'Ga je nu al eten? En straks dan? Sla je de maaltijd met je vader en mij nou alweer over?' Ze kijkt bedroefd. Door mij. Om mijn hals wordt het raar warm. Tara is absoluut niet mijn vriendin, maar ze doet haar best voor mij, en dat maakt het lastig om iets rottigs terug te zeggen.

'Geen tijd, sorry.' Ik haal de twee pizza's uit de oven en loop ermee naar boven. In Ricardo's kamer reik ik hem een bord aan. Hij hangt in zijn bureaustoel en kijkt tv. Zonder zijn ogen van het beeldscherm af te halen propt hij een stuk pizza in zijn mond. Ik zeg niks, dat zou hem alleen maar storen.

93

Hoe is het mogelijk? Terwijl de actiefilm nog bezig is, zet hij de tv uit.

'Klote! …De wereld …' Hij kijkt me aan. 'Snap je?'

Ik zeg geen ja en geen nee.

'Het is een klotewereld!' voegt hij eraan toe. 'De wereld moet veranderen. *Wij* moeten dat doen.'

Ik doe alsof mijn mond vol pizza zit, zodat ik niet op hem in hoef te gaan.

'De sterken moeten sterker worden … en sterk blijven … dan wordt alles beter!'

Ik schraap mijn keel, ik kan niet ontkomen aan een antwoord. 'Ik weet het niet. Het zou kunnen.'

Met een ruk staat Ricardo op. 'Hoezo *het zou kunnen*?' De aanstellerige manier waarop hij mij imiteert, staat me niet aan, maar ik hou mijn mond.

Hij doet een stap naar mij toe. '… De sterken zijn voorbestemd om te overheersen!'

Steeds weer dat gelul over de sterken en de zwakken. Het lijkt wel alsof dat het enige is wat hem bezighoudt.

'De sterken moeten dan wel één groep vormen. Begrijp je?'

Jaja, ik versta het wel. De hele straat kan het horen.

'Als iemand van de groep zwak wordt en niet meevecht … zo'n verrader … die schakelen we uit! Het klinkt ingewikkeld, maar dat gaat allemaal vanzelf. Zo werkt de natuur!' Waarom legt hij nou een hand op mijn schouder? 'Je moet winnen, dan heb je vrienden. Losers zijn eenzaam.'

Hij pakt een pilsje en geeft mij er ook een.

'Klinkt best wel logisch,' zeg ik onzeker.

'Kijk … als je ervoor kiest om niet te vechten, dan moet je er ook tegen kunnen dat je verliest.'

Hij draait zijn pols met het horloge naar zich toe en gebaart naar buiten. 'Dadelijk haalt Dikke Dirk me op. We hebben nog een man nodig. Je moet met ons mee.'

94

'Waarom?'

'Hoezo waarom? Dat zeg ik toch: we hebben een man nodig.' Hij pakt wat spullen bij elkaar. 'Zorg dat je je capuchonjas en je sjaal bij je hebt.'

Wat zouden ze van plan zijn? Zouden ze een van de supportersgroepen die altijd tegen ons etteren, een lesje willen leren?

Vlug haal ik mijn jas en mijn sjaal uit mijn kamer.

Weer terug bij Ricardo ga ik bij het raam naast hem staan. Hij zet een fles bier aan zijn lippen. Met zijn mouw veegt hij wat druppels van zijn kin. 'Je houdt natuurlijk je mond hierover. Niet alleen tegen pa en Tara, maar ook tegen de jongens van onze groep.'

'Maar waarom ...' Shit, waarom vindt hij het nou nodig om mijn shirt bij mijn keel vast te pakken? Hij duwt, misschien voelt zijn hand wel mijn roffelende hart. Leunend tegen het raam durf ik me niet te bewegen.

'Versta je me niet?' roept hij. 'Je houdt je bek.'

Ik knik.

Plotseling slaat hij zijn arm om mijn schouders. 'Komt goed. Een team, dat zijn we.'

Aan één stuk door rijdt de oude Opel van Dikke Dirk honderdtwintig kilometer per uur. Dat dorpje waar we moeten zijn, zullen we snel bereiken. Met zijn vingertoppen trommelt Ricardo op zijn been. Ook Dikke Dirk naast hem doet gespannen, zijn knokkels omklemmen opvallend stevig het stuur.

'Heeft dat dorp een profclub? Wat willen jullie nou gaan doen?' vraag ik.

In de achteruitkijkspiegel kijkt Dikke Dirk me geïrriteerd aan.

'Kop houden, Niels.' Ricardo draait zich even om. 'Doe jij dadelijk nou maar gewoon wat ik zeg.'

Eindelijk passeren we een bord met de naam van het dorpje waar Ricardo het eerder over had.

De oude Opel rijdt nu een stuk langzamer. Daar gaan we het dorp in. Er komt steeds meer zweet op mijn voorhoofd. Dikke Dirk weet precies hoe we moeten rijden. Aan het begin van een straat met eenrichtingsverkeer stopt hij ineens. Ze kijken om zich heen.

'Opletten, Niels.' Ricardo wijst naar een container. 'Daar ga je dadelijk op de uitkijk staan.'

Met hun blik volgen ze een oude vrouw. Ze steekt de weg over die haaks op de eenrichtingsstraat ligt.

'Schiet op, trut!' sist Dikke Dirk.

Langzaam verdwijnt ze uit het zicht.

'Nu!' roept Ricardo. We stappen uit. Ik loop naar de container. Nooit eerder heb ik Ricardo zo snel iets zien doen. Aan een lantaarnpaal bevestigt hij een afzetlint, hij rent ermee naar de overkant van de eenrichtingsstraat en doet daar hetzelfde, zodat de weg afgesloten is.

Intussen is Dikke Dirk ook klaar. Midden op de weg heeft hij een klein kratje bier gezet en daartegen een verkeersbord met daarop *verboden in te rijden*. Ze springen de Opel in en rijden door de eenrichtingsstraat weg.

Het zijn twee stille straten, geen kip te zien, maar ik blijf om me heen kijken. Ricardo moet weten dat hij op me kan rekenen. Met wie zijn ze wat aan het uithalen? Het moet iets bijzonders zijn. Dat afzetlint en dat verkeersbord, ze maken er in elk geval wel werk van.

O, een brommer komt dichterbij. Hij mindert vaart. Waarom stopt hij bij het afzetlint? Hij lijkt te aarzelen om de afgesloten straat toch in te rijden. Mijn hart bonkt. Snel mijn mobieltje uit mijn broekzak trekken. Ricardo bellen? Nog even wachten. Gelukkig, het is niet nodig om Ricardo te waarschuwen, de brommer keert om en rijdt terug.

Met het mobieltje in mijn hand blijf ik op de uitkijk staan. Als Amber wist dat ik hier zo stond, zou ze me zeker sms'en. Waarom denk ik nou weer aan Amber? Zelfs hier. Ze zou vast iets stoms sms'en over Ricardo en mij. Ze bemoeit zich overal mee. Dat moet ze maar bij die sukkel doen, die Jeffrey, niet bij mij. En dan die argumenten van haar: dat ze bij hem troost kan vinden. Ik kan heus wel zonder haar. Als ze nog eens een sms'je stuurt, kan ik het beter niet meer bewaren en ga ik niet terug-sms'en.

Ik steek het mobieltje weer in mijn broekzak. Waar blijven Ricardo en Dikke Dirk? Zou er wat mis zijn gegaan? Het duurt lang. O, shit, ze zullen me toch niet in de zeik nemen en gewoon wegblijven? Wat een klotegedachte, mijn lichaam rilt ervan. Sta ik hier voor lul in een vreemd dorp. Kan ik dat hele eind terug met de bus. Niet zo zenuwachtig doen. Gewoon afwachten.

Zie je wel! Daar komen ze aan. Op volle snelheid. Piepende remmen, de deur gaat open. Meteen op de achterbank duiken.

Dikke Dirk schiet door het afzetlint en scheurt met gierende banden de bocht om. Ik lig tegen dozen met daarin digitale camera's, als ik het etiket mag geloven.

'Dat scheelde weinig.' Ricardo draait zijn hoofd naar Dikke Dirk toe. 'Waar kwam die gast ineens vandaan? Zou hij ons nummerbord hebben gezien?'

'Dat kan echt niet,' mompelt Dikke Dirk. 'Ik zet er anders wel een andere plaat op.'

Niet over de snelweg zoals tijdens de heenreis, maar over binnenwegen rijdt hij zo hard als is toegestaan. Opvallend vaak slaat hij zijn ogen op naar de achteruitkijkspiegel. Ik kijk hem steeds per ongeluk aan in de spiegel. Een ongemakkelijke stilte. 'Wel chill dat het zo vlotjes ging, hè?' zeg ik tegen Ricardo.

'Kop houden, Niels.'

Het komt goed uit dat Ricardo vanmiddag niet thuis is. Dat aandringen van Tara, dat ik gewoon met haar en papa samen moet eten, begint vervelend te worden. Daarom zit ik vandaag weer aan tafel.

Aardappelpuree, daar zal ik eens veel van op mijn bord scheppen.

'Weet jij waar Ricardo elke dag uithangt?' vraagt Tara.

'Geen flauw idee,' zeg ik iets te snel.

Ongelovig kijken ze me aan. Wat willen ze dat ik zeg? Dat Ricardo toch ook ergens zijn geld vandaan moet halen? Dat ik pas geleden dozen met digitale camera's in Dikke Dirks auto zag? Ongetwijfeld zou Tara dan vragen: 'Hoe komen ze daaraan?' En dan?

Met haar vork brengt Tara een stukje tartaar naar haar lippen, maar ze stopt het niet in haar mond. 'Toen Ricardo zo oud was als jij, hebben we van hem veel te veel door de vingers gezien. Dat zullen we niet nog een keer doen. Je moet niet telkens met hem meegaan. Thuis is het ook gezellig.'

Waarom luister ik hiernaar? Gewoon opstaan. 'Zoals nu zeker! Jullie willen me alleen maar uithoren.' Ik sta op. Weglopen is het beste.

'Niels, blijf hier, joh!' zegt papa. 'Je wordt steeds brutaler. Daar houden we niet van!'

Vooruit dan maar, ik ga wel weer terug aan tafel. Niemand zegt een woord. Alleen het getik van het bestek tegen de borden. Fuck.

Meteen als mijn bord leeg is, ga ik van tafel. 'Dat irritante getik, daar houden wij niet van,' wil ik zeggen, maar ik zeg niks. Deze keer laten ze me gewoon gaan.

Wat loop ik nou in mijn kamer rond te dwalen? Wat moet ik doen? Huiswerk maken, daar heb ik al helemaal geen zin in. Het is lang geleden dat ik tekeningen heb gemaakt op de computer. Met Rens en Joris was het leuk. Maar ja, Rens en Joris zijn er niet meer. Ga gewoon op je bureaustoel zitten, man.

Zoals ik mama's foto uit het zicht heb gezet, hoef ik dat niet met een foto van Amber te doen. Ik heb namelijk geen enkele recente foto van haar. Prima, dan word ik tenminste niet elke keer aan haar herinnerd. Van Amber heb ik alleen een paar kiekjes van vroeger, van toen we klein waren. Samen lachend in bad. Zij met een baard van sop, ik met een snorretje. Een andere foto die ik vaak heb bekeken, is van toen ik vijf werd. Ik, glunderend achter mijn verjaardagstaart. Ik probeer de kaarsjes uit te blazen, Amber helpt me. Mama kijkt toe, met een arm om mij heen geslagen. Raar, waarom krijg ik bij de gedachte aan die foto zo'n stomme brok in mijn keel? Op de foto mist Amber een voortand en haar ogen twinkelen. Grappig om te zien. Logisch dus dat de foto me wat doet. En mama's glimlach was zoals al haar glimlachen waren: ontzettend mooi. Maar alle keren dat ik vroeger de foto heb gezien, gebeurde er niks met mijn keel.

Om Amber te vergeten heb ik al haar sms'jes gewist. Maar ik krijg haar niet uit mijn kop.

De huid van haar buik, waarop ik met mijn vingertop heb geschreven, blijft opduiken in mijn gedachten.

Ze zou me nu zeker hebben gesteund tegen Tara en papa. Ik wou dat ze hier was. Alles gewoon zoals vroeger. Maar dan moet ze niet weer tegen me gaan zeiken.

Niet dat ik niet zonder haar kan, maar even met haar praten zou wel leuk zijn.

Naar haar huis gaan, over de schutting klimmen en de pianokamer binnenglippen? Ik ben gek, misschien laat ze me niet eens binnen. Of staat tante me op te wachten.

Binnenkort heeft ze dat C-examen. Zal ik gaan luisteren? Misschien wil ze dat helemaal niet. Dat kan me eigenlijk geen flikker schelen, ik wil haar gewoon weer eens zien.

HOOFDSTUK ACHT

Wanneer was ik voor het laatst in de muziekschool? Mama was pas dood, het is bijna een jaar geleden.

Er is weinig veranderd. Een oud, statig gebouw. Op de eerste verdieping zijn de deuren van de lokalen nog steeds donkerrood. In de lange gang klinken om de paar meter tonen van een of ander instrument. Allemaal net als vroeger.

De deur naar de concertzaal staat al open. Op een tafeltje ligt een stapel vellen, ik pak er eentje af. Dat dacht ik al, het programma van haar examen.

Maar drie stoeltjes zijn er in de zaal bezet. Op het podium, aan de vleugel, zal Amber straks haar C-examen doen. Daar, in het midden van de eerste rij, een prima plekje, daar ga ik zitten. De laatste keer dat Amber en ik bij elkaar waren, was toen ze die klootzak van een Jeffrey beter leerde kennen.

Daar zit ik dan. Zal Amber me negeren? Of zal ze juist blij zijn? Alweer dat twijfelgezeik. Hou daar nou eens mee op. Ik lees het programma. Debussy, Schubert, Bach ... Bekende componisten, maar de stukjes ken ik niet, ze waren voor mij vast veel te moeilijk om te spelen.

Even achteromkijken. Al een man of twintig is er intussen binnen, onder wie een paar ooms en tantes. Weten ze dat het morgen een jaar geleden is dat mama stierf? Doordat ze mij zien, zullen ze vast aan haar denken. Nou, dan is mijn komst hiernaartoe in ieder geval niet voor niets geweest. Op mama's begrafenis probeerden ze troostende woorden tegen me te zeggen. Nu zeggen ze niks, ze knikken me alleen vriendelijk toe. Beleefd terugknikken natuurlijk, zo hoort het tenslotte.

Als mama nog zou leven en gezond was, dan was ze zeker met mij meegegaan. Misschien zou ze zelfs bij de examencommissie horen, ze was er deskundig genoeg voor. Zou ze hebben vermoed dat ik wel eens pianolessen heb gespijbeld? Ik wilde heus wel doen wat haar, ondanks de pijn, blij maakte, maar al zou ik een miljoen lessen hebben gehad, dan nog zou ik geen noot beter spelen. In de tijd dat ze er zo erg aan toe was, haalde ik ook slechte cijfers op school. En ruimde ik wel genoeg op als de verpleegster er niet was? Mama dacht vast dat ik een mislukkeling was, dat ik niets voor haar overhad. Een paar dagen voor ze stierf, zei ik nog tegen haar dat ik geen betere moeder had kunnen hebben. Waarom keek ze me zo verbaasd aan? Waarom kreeg ze tranen in haar ogen? Omdat ze nooit had geweten dat ik zo van haar hield? Waarom heb ik er verdomme niet alles, maar dan ook alles aan gedaan om haar gelukkig te maken?

'Dag Niels, leuk dat je er ook bent.' Waar komt tante Petra vandaan? Ineens staat ze voor me. Hypocriet mens, eerst verbiedt ze me om nog bij haar in huis te komen en dan nu wel goedendag zeggen. Ze kijkt wat rond. 'Is Ambers vriend er ook al?' Haar vraag is gemeen bedoeld, dat kan niet anders. Met een tevreden gezicht loopt ze weg. Hoezo heeft Amber een vriend? Dat ben ik. Niet dan? Een paar stoelen verderop op de eerste rij neemt ze plaats. Zonder oom Maarten. Kan hij geen vrij krijgen van zijn werk?

Nog vijf minuten. Nog eens achteromkijken. De eerste rijen zijn goed bezet. Verscholen achter een paar toeschouwers zit toch ook Ambers vader in de zaal. Op de vijfde rij. Blijkbaar schamen haar ouders zich er niet voor dat ze niet meer echt samen zijn, iedereen kan het hier zien.

Tante Petra staat op, lacht een paar mensen aanstellerig toe en geeft ze een hand. Die irritant trotse uitdrukking op haar gezicht, het zou me niks verbazen als ze echt denkt dat zij het middelpunt van de avond is. Gelukkig dimmen de lampen en moet ze weer naar haar stoel.

Het geroezemoes neemt af. Bij mijn slapen komt er zweet omlaag. Gauw afvegen en met mijn vingertoppen door mijn haren strijken.

Niet Amber, maar het hoofd van de muziekschool loopt het podium op. Zo opgewekt ken ik hem niet. Ik herinner me vooral de keren dat hij naar me toe kwam en vroeg hoe het met mama ging. Omdat zijn ogen dan zo zacht en bezorgd keken, wilde ik altijd 'heel goed' antwoorden.

'Dames en heren, ik heet u allen van harte welkom.' Kent het hoofd de woorden niet van buiten? Hij spiekt op een briefje. 'Vanavond hebben we een bijzonder concert van een getalenteerde leerlinge. U heeft allen het programma gekregen. Graag wil ik het even met u …' Bij de ingang, achter in de zaal, klinken voetstappen. Het hoofd kijkt over de hoofden van het publiek. 'Komt u gauw verder. We zijn nog niet begonnen,' zegt hij. Klossend komen de voetstappen dichterbij. Toeschouwers keren zich om. Ik kijk schuin naar achteren. In het halfduister loopt Jeffrey over het zijpad naar de eerste rij. Zonder al zijn piercings en netjes gekleed. Dat donkerrode colbertje en dat groene overhemd passen helemaal niet bij hem. Is Jeffrey *de* vriend van Amber? Wel verdomme, wat een klootzak. Achter mijn rug Amber inpikken. Hoe durft hij? De slijmbal knikt naar tante Petra, zegt 'sorry' en gaat naast haar zitten. Als hij nog iets meer naar rechts kijkt, ziet hij mij. Ja, nu! Met mijn lippen vorm ik overdreven articulerend het woord *verrader*. Verbaasd fronst hij zijn wenkbrauwen. Tegelijk hoor ik Ambers naam noemen.

In een chique, roze jurk komt ze op. Geen moment kijkt ze naar het publiek, geen moment naar mij. Gespannen houdt ze haar blik alleen maar op de vleugel gericht. Ze zit nog maar net of ze begint al te spelen. Het klinkt minder vloeiend dan ik van haar gewend ben.

Al snel is het stukje afgelopen. Harder dan iedereen applaudisseer ik. Nu zal ze zich toch naar de zaal moeten keren en zien dat ik er ook ben. Langzaam draait ze zich naar het publiek. Haar ogen lijken iemand te zoeken. Terwijl het applaus ophoudt, vinden ze blijkbaar Jeffrey. Hij steekt een duim op.

Ik zwaai. Meteen kijkt ze naar me, dat wel, maar haar gezicht verstrakt. Ik glimlach. Haar mondhoeken bewegen niet, ze krullen geen millimeter op. Dan heeft ze haar gezicht alweer naar Jeffrey gekeerd. Klote! Ik had gewoon niet moeten komen. Van mij mag het volgende nummer beginnen. Volgens het programma zou ze nu een cellist moeten begeleiden. In afwachting van die cellist blijft ze zenuwachtig op de pianokruk zitten. Ze wenkt Jeffrey. Akelig vlot klimt hij het podium op. Vlak bij haar haalt hij een pakje tissues uit haar tasje. Met een zakdoekje veegt hij haar vingers af.

Toeschouwers praten met elkaar. Het lijkt wel een pauze. De tante met het lange haar en de uilenbril staat met Ambers moeder te kletsen.

Plotseling stapt de cellist het podium op. Vlug gaat Jeffrey terug naar zijn plek, maar – grappig, echt geweldig grappig – die is inmiddels bezet door de tante met de uilenbril. Beteuterd staat hij daar, maar hij lijkt dan beleefd te zeggen: 'Blijft u maar zitten. Ik neem wel een andere stoel.' Waarom loopt die zak nou mijn kant op? Nee toch zeker, tientallen stoelen zijn er vrij, maar net op die ene naast mij moet hij zo nodig neerploffen.

'Hoi Niels.' Raar. Zijn stem klinkt niet dreigend of spottend, eerder vriendschappelijk.

Ambers mooie, lange vingers bewegen heen en weer over de toetsen, terwijl de strijkstok over de snaren van de cello gaat. Ineens buigt Jeffrey naar me toe.

'Alles goed?' fluistert hij.

'Ja, waarom zou het niet goed gaan?'

'Met de andere jongens ook?'

'Waarom vraag je het ze niet zelf? Waarom zien we je niet meer in het Vagevuur?'

'Ik wil me er voortaan buiten houden.'

Ik maak een wegwerpgebaar. 'Je bent een loser. Wie niet voor ons is, is tegen ons. Gasten zoals jij … die moeten we niet.'

'Waarom doe je zo moeilijk? Er is niets aan de hand, man. Mijn kleuren zijn nog steeds geel en wit, maar ik heb mijn tijd voor andere dingen nodig.'

Langs zijn piercingloze oor kijkend zie ik tante ingehouden zwaaien en haar vinger tegen haar lippen houden. Wanneer stopt dat mens nou eens met overal haar neus in te steken? Ik gebaar naar Jeffrey dat hij achter zich moet kijken. Een seconde later zit hij recht in zijn stoel en luistert hij weer naar de muziek, hoewel hij er vast geen flikker aan vindt.

Precies tegelijk houden de cellist en Amber op met spelen. Opnieuw applaudisseer ik en roep ik naar haar. Samen met de cellist loopt ze van het podium af.

'Eikel,' zeg ik hardop door het applaus heen. Zo minachtend mogelijk kijk ik Jeffrey aan. 'Je weet hoe ze erover denken als iemand de groep verlaat voor een meisje, dan besta je niet meer. Ricardo zou zeggen dat je nu bij de zwakken hoort. Een loser die naar zijn vriendin luistert.'

'Sorry, wat zei je? Ricardo zegt? Jij praat je grote broer na, wie is hier de echte loser?'

Ik kan niets terugzeggen, want Amber gaat weer aan de vleugel zitten.

Deze fuga van Bach heb ik haar vaker horen spelen. Een moeilijk stuk, maar het is prachtig. Zoals altijd bij muziek van Bach word ik er rustig van. Wel kijk ik voortdurend opzij, je weet het maar nooit met die vent. Ik laat hem niet nog eens onverwachts mijn arm op mijn rug draaien. Als hij iets wil proberen, dan zal ik – al zijn we in de concertzaal – mijn elleboog in zijn gezicht zwiepen, zeker weten. Eens kijken of hij me dan nog een slappeling vindt.

Waarom klinken de tonen van Bach plotseling zo onsamenhangend? Amber heeft een pijnlijke uitdrukking op haar gezicht. Langzaam wordt ze steeds roder. Ze staat op en slaat haar handen voor haar gezicht.

'Ik kan het niet!' schreeuwt ze. Rennend verdwijnt ze aan de zijkant van het podium. Ik moet naar haar toe. Je zou verwachten dat de sukkel met wie ze verkering heeft, zou opspringen, maar hij blijft gewoon zitten. Nu niet op Jeffrey letten. Nergens op letten. Stelletje roddelende toeschouwers, rot toch op. Ik ben weg. Gewoon zo hard mogelijk hollen. De concertzaal uit. De gang door. Waar precies was die kleedkamer ook alweer? In elk geval eerst de trap af. Daar, halverwege de gang naar de kleedkamer, loopt ze voorovergebogen tussen verschillende mensen in.

'Amber!' roep ik.

Het kan niet anders dan dat ze me hoort, dat ze mijn stem herkent. Ja, ze stopt. Met een verdrietige blik kijkt ze om. Het lijkt of ze wil zeggen: jou ken ik al mijn hele leven, help me alsjeblieft!

Ik steek mijn arm uit, maar ze kijkt niet meer naar mij.

Vanuit een zijgang stapt Jeffrey ineens op haar af. Hij slaat een arm om haar schouders.

'Hé!' schreeuw ik.

Jeffreys hand drukt Ambers hoofd tegen zijn schouder, en zo lopen ze naar de kleedkamer.

Een steek in mijn hoofd. Het oranje licht dat door mijn dichte ogen komt, verschrikkelijk. En dan die benauwde hitte. Droog gehemelte. Jezus, ik sterf van de dorst. In mijn mond de lucht van een rottende vuilniszak, mijn lippen stevig op elkaar houden. Ook mijn kussen stinkt. Heb ik de halve nacht liggen kwijlen? Dat klotebier ook. Waarom heb ik in het Vagevuur niet gezegd: ik voel me gammel, geen bier meer voor mij. Onmogelijk. Wesley, Dikke Dirk, Daan, Ricardo … iedereen zou me vierkant uitlachen. Ik ga mezelf niet voor schut zetten. Maar mijn hoofd en mijn maag … Was het maar morgen, dan was deze ellende voorbij. Niet bewegen, gewoon doorslapen. Het gaat niet. Mijn maag wordt in elkaar geschroefd, het lijkt of er een enorme massa omhoog wordt gestuwd, maar er komt niks. Weg die dekens. Zelfs de twee stappen tussen mijn bed en mijn raam zijn al te veel. Gelukkig, frisse lucht. Maar opnieuw is het of ik moet kotsen. Mijn mond is wagenwijd open, tranen lopen over mijn wangen. Helemaal voor niks, alleen een beetje gal in mijn mond.

Op de stoep is niemand te bekennen, ik spuug de gal naar buiten. Nu in de badkamer zien te komen.

Heerlijk koud water. Ik drink en hou mijn hoofd onder de kraan.

Laat ik me maar aankleden, anders beginnen papa en Tara dadelijk vast te zeuren dat ik een gat in de dag lig te ronken. Waar maak ik me trouwens druk om? Zeuren doet geen pijn.

Terug het bed in. Ik draai mijn kussen om, zo stinkt het tenminste niet meer. Echte pijn, daar zorgen stiletto's en andere wapens voor. Toch koppijn. Alleen van het bier? Dat kan niet, zo erg heb ik nog nooit koppijn gehad. Van Ambers stomme C-examen? En wat was dat andere kloterige ook weer waar ik gisteren aan dacht? Nu niet aan denken, nergens aan denken, anders gaat alles in mijn hoofd weer draaien. Mijn hoofd heel stil laten liggen.

Mijn maag speelt weer op. Zo komt er niks meer van slapen, ik ga er maar uit. Schone kleren aantrekken, dan valt het niet op dat ik me beroerd voel.

Tara staat beneden in de gang, alsof ze er al uren staat. Alsof ze me staat op te wachten.

'Heb jij vannacht naast onze deur op de stoep overgegeven?' vraagt ze.

'Waarom moet ik dat hebben gedaan? Iedereen kan toch kotsen?'

In de woonkamer legt papa zijn krant weg. Ik ga voor de tv zitten. Nog geen twee seconden later staat Tara naast papa's stoel. Hij schraapt zijn keel.

'Je ziet er niet goed uit, jongen,' zegt hij.

Ik doe of ik in de tv-gids lees.

'We willen niet dat je drinkt, dat je zo laat thuiskomt en dat je altijd met Ricardo op stap gaat.' De strenge woorden die papa uitspreekt, passen niet zo goed bij zijn af en toe trillende stem.

'Waarom moet ik doen wat jullie willen?' zeg ik. 'Jullie doen toch ook niet wat *ik* wil?'

'We gaan hier niet over discussiëren, joh.' Terwijl hij me aankijkt, pakt hij Tara's hand vast. 'Vanaf nu vertel je ons waar je heen gaat, met wie, en hoe laat je thuis bent. Anders ga je gewoon niet.'

Op de trap klinken de zware voetstappen van Ricardo. Op een of andere manier voel ik me er ineens een stuk sterker door.

'Stuur dan maar meteen een paar bewakers met me mee om me in de gaten te houden,' zeg ik.

'Je hebt gehoord wat je vader zegt, Niels.' Tara zegt het tegen mij, maar het lijkt of ze met haar woorden alleen maar papa wil laten weten dat ze hem steunt.

'Laat ze lekker kankeren.' Ricardo staat even in de deuropening. 'Niks van aantrekken, Niels. Het is hier soms nog erger dan in een strafkamp.'

Tara lijkt hem opzettelijk te negeren, ze richt zich op een overdreven manier tot mij. 'We hebben alleen maar het beste met je voor, liever.'

Ricardo is nog maar net de deur uit of papa zet de tv aan. Reclames. Dadelijk volgt natuurlijk het journaal. Als er ergens nieuws wordt uitgezonden, dan moet hij het zien. Papa en Tara willen niet alleen in de gaten houden waar ik mee bezig ben, maar ook wat de rest van de wereld doet. Het maakt me trouwens niet uit, dat journaal, er komt op de andere zenders toch niks boeiends. Bovendien heb ik niet eens de fut om een programma te volgen. Waarom klinkt de begintune van het journaal altijd zo hard? Hij tettert in mijn oren, vreselijk. Elk geluid is vreselijk. Shit, wat ben ik een sukkel! Mijn lichaam wordt koud, ik ben in één keer klaarwakker. 'Dit is het nieuws van 8 april,' zei de nieuwslezer net. 8 april, precies een jaar geleden. Hoe is het mogelijk dat ik haar sterfdatum ben vergeten? Gisteren heb ik er nog aan gedacht. Al de hele week denk ik eraan. Sorry, mama.

Dat rare gevoel komt weer opzetten, hetzelfde als toen, alleen dan maar de helft ervan, misschien driekwart. Het gevoel dat alles onwerkelijk is, dat wat er gebeurt niet echt gebeurt. Sommige dingen zijn weggevaagd, niet omdat ik ze wil vergeten, maar ze zijn gewoon weg. Toch kan ik me nog heel veel herinneren. Mama in dat bed in de kamer, het bed paste er

107

eigenlijk helemaal niet in. Ze staarde voor zich uit, friemelde aan een kussentje met haar handen vol blauwe plekken en slangetjes. 'Doen die pijn?' vroeg ik. Ze lachte een beetje. 'Nee, Niels, het valt wel mee.' Ik geloofde haar nooit als ze dat zei. Dan staarde ze gewoon weer verder. Recht voor zich uit, of naar buiten. Dag en nacht waren er mensen die mama hielpen. En ooms en tantes. 'Niels, hoe gaat het op school?' vroegen ze dan. Ik vertelde vaak wat er was gebeurd op die dag, welke les we hadden gehad, en met wie ik had gespeeld. Mama luisterde altijd mee. Ze kon alleen niets terugzeggen. Een paar dagen voor haar dood kon ze de vreselijke pijn niet meer voor me verbergen. Haar vertrokken gezicht ... Waarom was ik niet sterk genoeg om bij haar te blijven en haar arm vast te houden? En toen kwam een oom me vertellen dat ze sliep. Nadat de dokter een injectie in haar uitgemergelde lichaam had gespoten, sliep ze. En ze bleef slapen, dagenlang. Ben ik toen eigenlijk nog naar bed geweest? Hopelijk heeft ze nog kunnen merken dat ik sterk was, dat ik toen wel bij haar was. Ik huil niet, niet meer, maar mijn lijf rilt weer net als toen ze onverwachts haar ogen opende. Ze keek mijn kant op, dat weet ik zeker, maar als een blinde. Die traan op haar linkerwang, waarom die traan? Nog geen halve seconde had ze gekeken. Het was de laatste keer, alles van haar was toen de laatste keer geweest. Ik was sterk, mama, ik heb mijn gezicht niet afgewend. Ook niet toen je mond een paar seconden later met een gekke kramp het allerlaatste restje leven losliet.

De mevrouw naast me in de bus zit me al een poosje aan te gapen. 'Gaat het?' vraagt ze.

Ik moet knikken, anders gaat ze meer vragen stellen.

Bij de bushalte aan het einde van de straat moet ik eruit. Zonder iets te zeggen passeer ik de vrouw en door de geopende busdeur stap ik de stoep op. De buitenlucht doet weer wonderen, ik knap meteen op.

In de straat naar het kerkhof is er weinig verkeer. Heel anders dan een jaar geleden, toen er een lange stoet auto's langzaam doorheen reed, met de lijkwagen voorop. De mensen op de stoep stonden stil en keken vooral

108

naar de wagen waarin mama lag, maar ook naar mij in de eerste volgauto. De stoet ging met een slakkengangetje vooruit, alsof het zo hoorde. Alles wat met de dood te maken heeft, gebeurt traag en bedaard, zo leek het wel. Flauwekul, want doodgaan gebeurt juist supersnel, van het ene moment op het andere, in een vingerknip. Voor iemand wordt geboren, zit hij eerst negen maanden in de buik van zijn moeder te groeien. Waarom is er zoiets niet ook als iemand doodgaat? Waarom moet dat zo snel? In de volgauto huilde ik omdat iedereen zo bedroefd was, niet omdat mama er niet meer was, dat was nog te onwerkelijk.

Ook nu ik het kerkhof op loop, voelt het weer heel onwerkelijk dat ik hier ben. Het kan gewoon niet dat mama hier ergens onder de grond ligt.

Op verschillende plekken staan mensen in gedachten verzonken, of ze werken een graf bij.

De man bij mama's graf heeft zijn hoofd gebogen, maar ik weet wie het is. Pas nu ik vlak bij hem ben, ziet oom Maarten me ook.

Ik leg mijn bosje rozen bij de gedenksteen.

'Ze was mijn lievelingszus. Ik mis haar. Vroeger gingen we vaak met elkaar om. Ze was zo'n lieve moeder voor je,' zegt oom Maarten.

Raar dat haar graf lijkt op al die andere graven. Ze was juist helemaal niet zoals anderen.

Langzaam schudt mijn oom even zijn hoofd. 'Ze heeft weinig geluk gehad.'

'Altijd als ze naar muziek luisterde, was ze gelukkig,' zeg ik.

Zwijgend kijkt hij me aan. Ziet hij iets aan me?

'Ze is te vroeg gestorven,' zegt hij, 'maar ze heeft in ieder geval wel intens geleefd. Ze is zo bezig geweest met muziek. Veel, zo niet alles, moest ervoor wijken. Eigenlijk draaide daardoor alles om haar. Je vader kon daar niet tegen, want die intensiteit verwachtte ze ook van de mensen om haar heen. Je moest je voor de volle honderd procent inzetten, anders was ze niet tevreden. Je zult het vast niet altijd makkelijk hebben gehad.'

Begint hij nou ook al? Dat Amber beweert dat mama boos en streng

109

was, dat sloeg nergens op. Waarom moet hij nou ook zoiets stoms over haar zeggen?

Hij staart naar de bloemen. 'Misschien heb je bij je moeder niet altijd helemaal de kans gekregen om te ontdekken wat je kunt. Wie je bent.'

'Wat weet jij daar nou van?' Er gewoon brutaal tegen ingaan, dan houdt hij wel op.

Hij doet een stap naar voren, hurkt en verschuift mijn bosje rozen.

Even later staat hij weer naast mij. 'Mooie bloemen,' zegt hij.

Ik zeg niks.

'Hoe gaat het bij je vader?' vraagt hij ineens.

Ik haal mijn schouders op. 'Gewoon.'

'Hopelijk begrijp je dat je niet langer bij ons kon blijven. Het ging toen al niet goed tussen ons. Amber heeft vast wel verteld dat je tante en ik apart wonen.'

'Amber en ik hebben geen contact meer.'

Hij schraapt zijn keel. 'Wat je tante voor jou en Amber heeft besloten, was niet mijn beslissing.'

Het kan me echt geen flikker schelen hoe het met Amber is. Meiden, daar heb je niks aan. Maar uit een soort gewoonte vraag ik toch verder.

'Bij wie woont Amber?'

'Vooral bij haar moeder. Ik besef heel goed dat het niet leuk is voor mijn meisje.' Hij lijkt te aarzelen of hij verder zal praten. Voor mij hoeft het niet.

'Ik heb niet zomaar besloten om er weg te gaan,' zegt hij. Het maakt hem niet uit of ik naar de grond of in de lucht kijk, hij doet net of ik aandachtig luister. 'Lang geleden is er iets gebeurd wat nooit had mogen gebeuren. Ik was er nooit helemaal zeker van, je tante heeft het al die jaren ontkend. Eigenlijk door jou en Amber … omdat jullie zulke goede maatjes waren, kregen je tante en ik weer ruzie over vroeger. Het is me nu in elk geval duidelijk. Te ingewikkeld om allemaal uit te leggen, maar het komt erop neer dat ik niet meer met je tante verder kon.'

Hadden ze ruzie om ons? Flauwekul. Nou hebben wij het nog gedaan ook.

Zo hoog mogelijk mijn wenkbrauwen optrekken, zo ziet hij tenminste dat ik niks kan met zijn slap geouwehoer.

'Nou, boeiend, hoor,' zeg ik.

Die pijnlijke uitdrukking op zijn gezicht, dat was niet de bedoeling. Waarom lukt het me niet om 'sorry' te zeggen? Ach, schijt.

Zijn hand op mijn schouder. Ik knijp mijn ogen dicht, die paar tranen moeten terug.

'Je moeder zou beslist blij zijn geweest dat je vandaag zo aan haar denkt.' Langzaam loopt oom van me weg, richting de uitgang.

Met mijn voet schuif ik wat zand van mama's grafsteen af. Het voelt hier leeg. Het typische van dood-zijn is dat je er niet meer bent. In elk geval is mama niet wat er na een jaar van haar lichaam over is. Misschien is ze er nog, maar niet hier onder de grond. Wat zei die kerel een tijd geleden ook alweer op tv? Een of andere dokter had een onderzoek gedaan bij een heleboel mensen die klinisch dood waren. Hoewel hun hersenen niet meer werkten, hadden die mensen nog wel een bewustzijn. Je bewustzijn los van je lichaam, dat kan dus. Zo'n dokter zegt niet zomaar wat, hij heeft ervoor doorgeleerd. Mama is er nog. Dat weet ik gewoon.

HOOFDSTUK NEGEN

Ze komen niet voor Ricardo – die is niet eens thuis – maar speciaal voor mij. Languit op mijn bed liggend, smijt Daan mijn kussen naar Simon. 'Hé, heilige Simonis, hier met dat bier!' roept hij boven de hardcore uit.

Simon blijft op de grond zitten. 'Teringrukker! Pak het zelf.'

Godver, Diego is weer aan het kloten. 'Slome,' schreeuw ik, 'ik heb al gel in mijn haar. De as van jouw sigaretje hoeft er niet bij. Eikel!' Zo hard mogelijk duw ik hem tegen zijn borst. Lachend valt hij achterover op een paar flesjes. Lege, gelukkig.

Chris staat op, doet het raam open en wil naar buiten plassen. Snel pak ik hem beet, op de gang wijs ik hem waar de wc is. Terug in mijn kamer hoor ik een harde bonk op de gang. Die slome is natuurlijk gevallen, goed dat papa en Tara naar de bossen zijn. Ik neem een slok bier en gooi een fles naar Daan.

'Ik zag Jeffrey bij de friettent,' roept hij. 'Samen met dat nichtje van jou. De stinkvink, hij krijgt hem vast niet omhoog.' Iedereen lacht, ik ook.

'Blijkbaar moet hij niks meer van ons hebben.' Ik hou mijn geel-wit gestreepte sjaal boven mijn hoofd.

'Het is voor hem te hopen dat hij nooit in mijn buurt komt … ik trap hem dwars doormidden.' Simons hoofd loopt rood aan.

Daan komt wat overeind. 'Die schimmelende oogbol moesten ze levend villen.'

Ik knik en roep met ze mee.

Geroffel en een harde klap, iemand is van de trap gevallen. 'Ik denk dat Chris al naar huis is,' roep ik.

Diego kijkt op zijn horloge. 'Ik ga mee.'

Het is me een raadsel waarom, maar de een na de ander vertrekt.

Voor papa en Tara terugkomen, moet mijn kamer een stuk opgeruimder zijn. Dus het raam helemaal open, de as en de peuken van dat schoteltje af, de flessen in het krat, de wc-verfrisser halen ... Op de overloop staat Ricardo ineens voor me.

'Hé, vegetarische dierenneuker, je stinkt,' zegt hij.

Ik vertel hem wie er net allemaal waren, maar ik geloof niet dat hij luistert. Hij steekt de sleutel in zijn kamerdeur.

'Je moet me naar Dikke Dirk brengen. Daar staat mijn brommer.' In zijn kamer haalt hij een paar briefjes van honderd euro uit een kluis.

'Kom.' Hij loopt naar de trap.

'Maar als mijn vader en Tara straks mijn kamer zo zien, krijg ik weer op mijn flikker.'

'Wat kan jou dat schelen?'

'Ik moet ...' begin ik, maar hij laat me niet uitpraten.

'Als ze moeilijk doen, dan gewoon ...' Hij steekt zijn middelvinger op.

Dikke Dirk doet zelf open. Van verbazing beweegt zijn hele gezicht omhoog. 'Wat moet hij hier?' Chagrijnig knikt hij naar mij.

Met een voet aan de grond blijf ik op het zadel van mijn fiets zitten.

'Doe niet zo opgefokt, man,' zegt Ricardo. 'Niels houdt van je en komt hoi tegen je zeggen.'

Dikke Dirk lacht niet. Hij pakt Ricardo stevig aan de mouw van zijn leren jas vast. 'Ik wil hem hier niet bij hebben, oké?'

'Niels gaat gewoon terug, man. Relax.' Ricardo trekt zijn mouw los. 'Waar ben je trouwens bang voor? Hij heeft nog nooit zijn mond voorbijgepraat. Thuis niet en ook niet tegen jongens van de groep.'

'Dit is wat anders.' Dikke Dirk loopt naar binnen.

Ricardo volgt hem. 'Hij zegt niks, hij hoeft niks … en hij kan het. Wat wil je nog meer, man?' Tegen mij zeggen ze niets.

Mijn kamer ziet er weer uit zoals hij er normaal uitziet. Maar papa en Tara keken me ongelovig aan toen ik zei dat ik de hele middag huiswerk had gemaakt. Ik kan net zo goed niks meer zeggen, ze vertrouwen me toch niet. Zou mama me vertrouwd hebben? Eigenlijk kent ze me niet eens zoals ik nu ben. Raar hoe de tijd verder gaat.

Het raam van mijn kamer kan nu wel weer dicht. Ik loop ernaartoe. Beneden op de stoep laat de buurman zijn hond uit. En daar helemaal links wandelt een echtpaar langzaam langs de huizen. Een wandeling maken in de bossen, of hier op de stoep, gadver. Als het aan papa en Tara lag, zou ik ook zulke wandelingen maken. Zij houden zich alleen maar met dat soort dingen bezig en toch vinden zij dat ze mogen beslissen wat ik wel en niet moet doen. Wat een raar leven zou ik hebben als zij uitmaakten hoe ik leef. Je kalm houden, eten wat er is klaargemaakt, beleefd praten, vroeg naar bed, opruimen, hoge rapportcijfers halen, uitblinken in sport, kijken naar documentaires op tv, niemand tegenspreken, luisteren naar hun oninteressante verhalen, niet rennen, springen of klimmen, geen bier drinken, zo veel mogelijk boeken lezen … in elk geval je voortdurend keurig, rustig en netjes gedragen. Hoe dom en saai zou mijn wereld eruitzien. Een koude rilling loopt over mijn lijf. Weg bij het raam. Ik wil op mijn bed gaan liggen, maar buiten klinkt het geluid van Ricardo's brommer. Het geluid houdt op vlak voor ons huis.

Ik wacht Ricardo op de overloop op. Hij vertrouwde me tenminste wel, anders had hij me bij Dikke Dirk niet zo verdedigd.

Even later komt hij de trap op. Hij gebruikt zijn sleutel en loopt zijn kamer in. Ik ga hem achterna.

'Deur dicht!' snauwt hij.

Vanuit zijn luie stoel kijkt hij me aan. Uit een binnenzak van zijn leren jasje haalt hij een stiletto. 'Dit ouwe ding heb ik over. Hier …'

114

'Wat moet ik ermee?' vraag ik.

Zijn ogen draaien even naar het plafond. 'Je neus schoonpeuteren natuurlijk.'

Ik pak het mes aan.

'Met een stiletto doe je gewoon wat je met een stiletto doet, oké?' zegt hij.

Met het mes in mijn hand ga ik zitten.

'Dikke Dirk wil een klusje met ons doen. Dan moet je een touw door kunnen snijden of jezelf verdedigen. Snap je dat?'

'Wat voor klus moeten we doen dan?'

Hij zucht. 'Hoe vaak moet ik het nog zeggen: stel nou geen vragen! Zodra Dikke Dirk het weet, weten wij het ook.'

Het lijkt erop dat papa en Tara vaker thuisblijven om ervoor te zorgen dat ik niet naar het Vagevuur ga. Verwachten ze dat ik me laat opsluiten?

Van school naar het Vagevuur, daar doe je een stuk langer over dan van school naar huis. Nog zeker tien minuten rijden. In mijn broekzak trilt mijn mobieltje. Even wat langzamer fietsen en het sms'je lezen. Verrek, een berichtje van Ricardo.

Ik moet je spreken. Om acht uur. Thuis.

Wat zou hij van me moeten? Hij is in staat om me al voor een kleinigheidje op te laten draven.

Toch ga ik zo hard mogelijk op de pedalen trappen.

Acht uur, dat komt wel goed uit, dan heb ik daarna nog wat tijd voor dat kuthuiswerk. Wat had die eikel van een mentor ook weer gezegd? 'Je moet meer aan je huiswerk doen, anders heb je een probleem.'

Het verkeerslicht springt net op tijd op groen. Gewoon zonder af te remmen doorrijden en al die stilstaande fietsers en brommerrijders passeren.

115

'Schimmelende oogbol!' roep ik, maar de brommerrijder die me de pas afsnijdt, kijkt niet eens om.

De mentor weet het wel te vertellen ... *Anders heb je een probleem.* Alsof ik nog geen problemen heb. Moet ik me met een stiletto verdedigen? Maar als dat mes iemand raakt of echt zijn lijf in gaat ... ik moet er niet aan denken. En met wat voor klus moet ik Ricardo helpen? Ergens digitale camera's weghalen? Dat doe ik niet. Ik moet Ricardo zeggen dat ik dat in elk geval niet doe.

Het is helemaal niet druk bij het Vagevuur, genoeg plaats om mijn fiets weg te zetten.

Als ik met Ricardo over die klus praat, verknal ik het bij hem. En dan kan ik het bij Dikke Dirk en de anderen ook wel vergeten. Niet meer naar het stadion, niet meer naar het Vagevuur. Als supporters me tegen het lijf lopen, zullen ze me eerder in elkaar slaan dan dat ze bier met me willen drinken.

Achter in het Vagevuur staan minder mensen dan normaal. Weinig bekende gezichten, eigenlijk alleen dat van Dikke Dirk. Maar ik heb helemaal geen zin om bij hem in de buurt te komen. Gelukkig zitten Diego en Wesley aan de bar, de krukken naast hen zijn vrij.

'Hé, schoolbroekie ...' Wesley geeft me een stomp.

'Hou je bek, dyslectische analfabeet.' Ze lachen niet, ze hebben het grapje vast al van Ricardo gehoord.

Ik bestel drie biertjes. Mijn zakgeld is veel te laag voor dit soort dingen, maar Ricardo is nooit te beroerd om me wat te lenen.

Dikke Dirk en een man met een zwarte cowboyhoed op discussiëren met elkaar. O, hij ziet me. Even mijn hand opsteken. Verrek, zelfs terwijl hij aan het praten is, knikt hij naar mij. Alsof we elkaar al jaren kennen.

Het bier is lekker koud, meteen een flinke slok nemen.

De stemmen van Dikke Dirk en de andere man klinken ruziënd. Ze schreeuwen naar elkaar. Het is duidelijk dat Dikke Dirk laaiend is en iets niet pikt van die vent. Mijn hart begint sneller te bonzen. Het zou me niet verbazen als Dikke Dirk hem dadelijk een dreun verkoopt. Zo is Dikke Dirk. Je moet doen wat hij zegt en hem zeker niet kwaad maken. Ik wil het niet zien. Ik probeer zo hard en zo veel mogelijk met mijn vrienden naast me te praten.

Om halfacht fiets ik naar huis. Ze vergeten naar me te zwaaien.

Kwart over acht. Ik gooi mijn idioomboek maar weg, me concentreren lukt toch niet. Waar blijft Ricardo?

Ik sta toch maar weer op van de bureaustoel, raap het idioomboek op en ga nog eens zitten.

Bijna halfnegen. Eindelijk klinken Ricardo's voetstappen op de trap. Ik loop naar zijn kamer.

'Donderdag,' zegt hij, 'donderdag om kwart over vijf klaarstaan ... dan doen we de klus.'

De vlaag warmte die door mijn lichaam glijdt, geeft me een goed gevoel. Ricardo gaat er helemaal van uit dat ik meedoe.

'Wat is precies de bedoeling?' vraag ik.

'We doen boodschappen en we verdienen tegelijk wat geld.'

'Hoe dan?'

Hij zucht, zoals hij altijd zucht als ik hem meer dan één vraag stel. 'Dat zie je dan wel. Het enige wat je moet meenemen, is je capuchonjas, je sjaal en je stiletto.'

'Maar waarom?'

'Mensen kunnen moeilijk doen. Soms moet je je verdedigen.'

'Ik weet het niet,' zeg ik. 'Is het illegaal?'

'Dat is voor iedereen anders. Het belangrijkste is dat we aan een beetje geld komen. Voor de groep. En om bier te kopen. Ik krijg trouwens nog aardig wat geld van jou. Het wordt tijd dat je dat eens terug gaat betalen, vriend.' Alsof hij tussen het publiek in een stadion staat, zo hard schreeuwt hij ineens. 'Wat wij hard nodig hebben, kan een ander met gemak missen. Kwestie van rechtvaardigheid, snap je?'

117

Er is minstens één handdoek nodig om al het zweet van mijn lijf af te vegen. Ik moet het tegen hem zeggen. Nu. Het kan niet anders.

'Sorry, maar het is niks voor mij,' mompel ik.

'Wat?' Zijn arm schiet naar me uit. Met zijn hand steunt hij vlak boven mijn hoofd tegen de muur. Ik heb er nooit bij stilgestaan dat Ricardo twee koppen groter is dan ik, maar nu hij op me neerkijkt, merk ik het pas goed. 'Je bent gestoord. We hebben het afgesproken, dus het gaat door! Begrepen?'

'Ik ... ik zal er nog eens over nadenken.'

'Ik dacht het niet. Je kunt nou niet meer terug. Klaar.'

Een klap op mijn schouder. Het doet geen pijn, maar het was te hard om vriendschappelijk te zijn.

'Gewoon aan de wedstrijd van morgen denken.' Hij doet de kast open. 'Verdomme, heeft ma mijn geel-witte shirt nou nog niet gewassen?'

Shit, al dat bier, eerst in het Vagevuur, daarna onderweg naar dit vreemde stadion. Ik kan bijna niet op mijn benen staan. Wat maakt het trouwens uit? Als je bier drinkt, hoef je niet te denken. Niet aan Amber. Nergens aan. Ik wil bier. Ik moet bier.

'Ze verkopen hier geen bier,' roept Daan. 'De klootzakken ... "Risico-wedstrijd," zeggen ze.' Hij wijst naar Chris. Die houdt een kleine fles tegen zijn lippen. Voorzichtig langs supporters, precies tegelijk slaan ze telkens met hun armen naar voren in de lucht en gillen ze: 'Kakkerlakken dood! Kakkerlakken dood!' Een klap tegen mijn kop.

'Kijk uit, teringlijer!' De teringlijer verstaat me niet, niemand verstaat me. Nu Chris aanklampen. Gelukkig begrijpt hij wel wat ik bedoel. Eindelijk weer een fles in mijn hand. Snel tegen mijn mond zetten. Mijn keel en maag branden. Nog maar een slok, nu langzamer. Hé, waarom pakt Chris de fles terug? Plotseling overal gejuich, behalve in ons vak. Chris vloekt en scheldt, Ricardo ook. Even kijken naar het veld. Shit, de spelers van de vijand juichen, ze hebben gescoord. 'Verdomme, klootzakken! Kakkerlakken!'

118

Net als de anderen zo hard mogelijk schreeuwen en tegen stoelen trappen. Wat kapot kan, moet kapot.

Opnieuw massaal gejuich. Nee, dit kan niet waar zijn, alweer een doelpunt van die klootzakken. Binnen twee minuten twee doelpunten. 'Wat zijn die homo's stil! Wat zijn die homo's stil! ...' Vanuit het vak naast ons klinkt triomfantelijk gezang, niet om aan te horen. Net als Ricardo en Chris op een stoel gaan staan en terugschreeuwen. O shit, de stoel is glad, niet vallen, er is niet eens plek om te vallen. Het beton van de tribune is keihard, mijn elleboog en schouder verrekken van de pijn. Hé, Ricardo hijst me omhoog, echt aardig van Ricardo.

'We winnen toch niet,' zeg ik. 'Ik kan ...'

Ineens is Ricardo niet meer aardig. Hij duwt me op een stoel.

Hij spert zijn ogen wijd open. 'Zeg dat nooit meer, man. Nooit! Begrepen?'

Nu opstaan ... o, dat gaat niet goed ... dan maar tegen hem aan hangen. Hij slaat een arm om mijn schouders. Doet best zeer, maar niks van zeggen, nee, mond houden. Ricardo is een geweldige vent, echt een geweldige vent.

Zijn arm gaat weer van me af. Ricardo klimt opnieuw op een stoel. 'Hé,' brult hij tegen iedereen die hem kan horen. 'We zullen eens laten zien wie hier de homo's zijn!' Schreeuwend loopt hij in de richting van het hek naast ons vak. De meesten volgen hem. Die homo's daar, ze moeten weten wie de baas is! Duwen, rammen, persen ... naar voren toe, we moeten naar voren. Waarom blijven we nou stilstaan? Verdomme, zo zie ik geen donder, alleen maar ruggen. O daar, Ricardo is in het hek geklommen. Wild rukt en duwt hij, de afrastering beweegt nauwelijks. Ook Chris en anderen hangen erin. Ze joelen en beuken er met hun vuisten tegen. Meehelpen, zo hard mogelijk tegen het gaas trappen. Dat stomme hek is veel te stevig. Maar het hoeft al niet meer, vanaf de kant van het veld komen supporters van de thuisclub onze tribune op. Meteen halen ze uit. Overal wordt er gevochten. Links een onbekend gezicht, vlug slaan en nog eens. Goed zo,

119

de kerel deinst achteruit. Verdomme, een andere klootzak staat voor me. Die dikke kop moet ik flink kunnen raken. Oei, zijn vuist, een baksteen tegen mijn neus. Meer bakstenen tegen mijn gezicht. Niet in elkaar zakken … Shit, dus toch. Om me heen op de grond een wirwar van voeten en benen. 'Hé, flikker op!' Waarom moet die vent nou precies op mij vallen? Kan hij niet ergens … o, het is Daan.

'Jezus, broekie …' Met rare ogen kijkt hij naar mijn gezicht. 'Je houdt geen bloed over zo.' Hij pakt me bij mijn oksels en begint aan me te sjorren. Ik schuif over de grond. Lekker makkelijk. Zonder iets te doen ga ik omhoog en glij ik een stoel op. Gadver, kan hij niet wat anders dan zijn zakdoek tegen mijn mondhoek duwen? Supporters rennen ineens weg. Overal duiken nu agenten met gummiknuppels op, kutwouten. Zo winnen we nooit.

Er dendert een trein langs de gesloten spoorwegovergang. Een goederentrein met tientallen wagons. Gelukkig geen trein met supporters. Die is vast al weg. Anders hadden de in het geel en wit gehulde supporters uit de coupéraampjes gehangen en mij naast mijn vader in zijn auto opgemerkt. Ze zouden weliswaar mijn kapotte gezicht hebben gezien, maar toch hebben gedacht: wat een watje dat hij zich bij een EHBO-post heeft laten verzorgen, wat een watje dat hij de raad van de verpleegkundigen heeft opgevolgd en zich door iemand met een auto heeft laten ophalen.

Papa geeft gas en rijdt het spoor over. Raar, zo naast hem. De laatste keer dat we samen in de auto zaten, bracht hij mij van oom Maarten en tante Petra naar zijn huis. Rare vent, mijn pa. Hij vraagt niet eens of ik pijn heb. Zwijgend en chagrijnig knijpt hij voortdurend in het stuur, de knokkels van zijn vingers zien er wit door. Prima, ik heb geen zin in geouwehoer.

Mijn ogen vallen af en toe dicht. Als ik slaap, heb ik even geen hoofdpijn.

Van de rit naar huis hebben we al zeker driekwart afgelegd. Nog altijd volhardt papa in zijn zwijgen. Is het misschien bedoeld als straf voor mij?

Houdt hij voortaan altijd zijn mond tegen mij? Is het vanaf nu afgelopen met alle communicatie tussen ons? Ik weet niet of ik dat erg zou vinden. Geen gepreek meer, lekker rustig.

Plotseling schraapt papa zijn keel. Jee, hij maakt geluid, is dat even schrikken.

'Iedere vader die zoiets meemaakt,' zegt hij ineens, 'zou verschrikkelijk boos zijn op zijn zoon. Maar wat heeft het voor zin, jij hebt toch overal maling aan.'

Hij reed al niet erg hard, maar nu neemt hij nog gas terug ook. 'Sommige mensen maken zich zorgen om jou,' zegt hij, 'maar dat snap je zeker niet, dat is in jullie ogen natuurlijk iets softs.'

Papa, alsjeblieft, die hoofdpijn, je gewauwel maakt het alleen maar erger. Ik kijk door het zijraampje naar buiten, zo ziet hij dat ik niet luister.

'Als je zo nodig je leven wilt verknallen, ben je goed op weg, joh.' Onverwachts geeft hij een tik op het dashboard. 'Hé, ik praat tegen je. Je mag best eens iets terugzeggen, hoor.'

Ik haal mijn schouders op. 'Wat moet ik zeggen dan?'

'Het ergste is het voor Tara. Ze heeft zo haar best gedaan om je op te nemen in ons gezin.'

'Gezin?'

'Jongen,' zucht hij, 'je hebt zo veel waardevols in je. Als je dat nou eens op een goede manier naar buiten zou brengen, dan ...' Blablabla, ik kan het niet meer aanhoren.

Nu net als hij een keer op het dashboard tikken. 'Met je prietpraat probeer je alleen maar te verdoezelen dat je zelf overal te slap voor bent. Te slap voor mama, te slap voor Ricardo en Tara. Wie is er nou al zijn hele leven bezig zijn leven te verknallen?' Nauwelijks ben ik uitgepraat, of de auto zwenkt naar de vluchtstrook, waar papa meteen remt en uitstapt. De deur valt zachtjes dicht, maar niet helemaal in het slot. Met zijn rug naar de auto gekeerd blijft hij staan. Kan hij niet tegen wat ik heb gezegd? Belachelijk. Woorden doen geen pijn. Zou hij wel eens hebben gevochten

121

en klappen hebben gehad? Waarschijnlijk loopt hij bij elke vechtpartij weg. Hij doet al zielig als iemand iets rottigs zegt.

Waarom gaat hij nu naar de achterkant van de auto? Meteen loopt hij weer terug naar het portier en hij stapt in. Zonder de auto te starten blijft hij achter het stuur zitten.

'Dit kan zo echt niet,' zegt hij. 'Ik neem aan dat je dat zelf ook wel begrijpt.' Hij kijkt mijn kant op, zijn gezicht ziet er nogal vermoeid uit. Het lijkt erop dat hij een antwoord verwacht.

Ik haal mijn schouders op.

'Hier is het laatste woord nog niet over gezegd.' Hij draait het contactsleuteltje om. 'Samen met Tara moeten we er nog maar eens een stevig gesprek over voeren.'

Zwijgend rijden we door naar huis.

'Jongen toch,' zegt Tara. 'Je hebt het weer voor elkaar. Laat eens zien.'

Ik loop langs haar heen.

'Dit is echt de laatste keer geweest,' roept ze me na. 'En waar is Ricardo?'

'Die zal wel weer in de bibliotheek zitten.'

'Als jij je niet aan de regels houdt, dan ...' Tara komt me op de trap achterna en blijft maar doorzaniken.

'Maak je niet zo dik. Ik zorg wel dat het niet meer gebeurt. Denk je dat ik dit leuk vind? Laat me nou maar met rust, ik heb koppijn.'

'En je blijft voortaan van het bier af, duidelijk?'

'Jaja, dat weten we nou onderhand wel.' Ik doe de deur van mijn slaapkamer dicht. Gelukkig, ik hoor haar terug lopen. Ik val op mijn bed.

Het is of ik amper een paar seconden heb geslapen, maar mijn wekker geeft 22:30 aan, ik ben een uur of vijf van de wereld geweest. Er is wat geluid op de gang. De deur gaat open.

'Hé, broertje.' Ricardo valt mijn kamer binnen. Shit, hij komt vlak bij de doos met mama's spullen terecht. Giechelend blijft hij op de grond liggen. Hij pakt een van de kussens die de doos verbergen en propt het achter zijn hoofd.

'Hé, ben je nog steeds aan het bloeden?' Hij heeft weer eens een dikke tong en is moeilijk te verstaan.

'Helemaal niet,' zeg ik. 'Niks aan de hand. Een paar klappen gehad, maar ik heb er ook een stel flink geraakt.'

'Goed gedaan, jochie. De jongens … weet je … ze zijn jaloers op me, omdat ik zo'n broertje heb.' In het halfdonker is zijn gezicht niet te zien.

'Serieus?' vraag ik.

'Natuurlijk niet.'

Blijft hij daar liggen? Hij zegt geen woord meer.

Al een paar minuten klinkt alleen maar zijn zware ademhaling.

'Hé, man,' fluister ik.

Geen antwoord.

'Hé, man,' fluister ik wat harder, 'donderdag kan ik niet mee. Papa en Tara willen niet dat ik zomaar overal naartoe ga'.

'Alsof jij je daar iets van aantrekt,' zegt hij ineens hardop.

De oude Opel van Dikke Dirk stopt voor een cd-winkel. Op het raam staat *Adagio, speciaalzaak klassieke muziek.* Mijn hart klopte de hele rit door als een gek, maar nu is het of het gebonk elk moment mijn ribbenkast open kan breken. Waarom rijden we niet door? Waarom zegt Ricardo niet: 'We hebben je in de maling genomen, Niels. Geen overval dus. We wilden kijken hoe ver je zou gaan. Gewoon even testen.' Zowat elke dag neemt hij me wel een keer in de maling, maar net nu ik het graag wil, doet hij het niet.

Ricardo verbergt zijn gezicht achter een sjaal en de ver over zijn hoofd getrokken capuchon. Hij stapt uit. Met zijn handen in de zakken van zijn jas staat hij nonchalant voor de winkelruit en hij gluurt naar binnen. Met een hoofdknik wenkt hij me. Ik kan blijven zitten, het kan. Gewoon niet bewegen, simpel. Waarom trek ik dan toch mijn capuchon over mijn hoofd? Waarom open ik het portier van de auto? Ik loop naar Ricardo.

Achter hem aan ga ik de winkel in, waar lichte klassieke muziek te horen is. Achterin zet een man van een jaar of vijftig cd-boxen in rekken. Verder is er niemand. Hij komt onze kant op. Ricardo doet of hij iets speciaals in de cd-bakken zoekt. Als hij ongemerkt cd's in zijn jas wil steken, moet hij snel zijn, want die winkelier is al bijna bij hem. En hoe wil hij nou aan geld komen? Hij kan nooit ongezien bij de kassa komen. Ook ik hou mijn handen in de zakken van mijn jas, ze zijn akelig klam. Zoals afgesproken, blijf ik bij de deur.

Vlak achter Ricardo schraapt de man zijn keel. 'Kan ik u misschien helpen?'

Ricardo zegt niks terug, hij lijkt zich te concentreren op een cd in een van de bakken.

De man kijkt met een vragende blik naar mij. Denkt hij misschien dat ik zal zeggen dat Ricardo doof is of zo? Mijn hoofd gebogen houden, zo ziet de man mijn gezicht niet.

Hij doet nog een stap naar Ricardo. 'Meneer, als ik u ...' Met een ruk draait Ricardo zich om, stompt tegen de man zijn buik, pakt met zijn ene hand de voorkant van zijn overhemd vast en zet met zijn andere hand een groot mes op zijn keel. 'Ik wil je geld, opa. Als je doet wat ik zeg, gebeurt er niks ... Schiet op! Naar de kassa!'

'Hé man, wat ben je aan het doen?' roep ik.

Ricardo reageert niet op mij. Met het mes op de keel van de winkelier trekt hij de man mee naar de toonbank. Dit gaat fout! Als de angstig kijkende winkelier even een verkeerde beweging maakt, zal het mes zijn keel openhalen. Je moet altijd een mes bij je hebben om je te kunnen verdedigen, heeft Ricardo gezegd. Maar wat hij doet, is geen verdedigen. Hardhandig duwt hij het hoofd van de winkelier tegen de kassa aan. Van mijn nek lopen er zweetdruppels omlaag. Laat iemand Ricardo doen ophouden! Laat hem alsjeblieft ophouden!

'Verdomme,' schreeuwt hij. Het aantal briefjes van honderd in de kassa vindt hij blijkbaar niet genoeg. 'Je kluis, vlug, waar is die?'

Dreigend met zijn mes, loopt Ricardo naast de man naar de achterkant van de winkel. Plotseling gaat de voordeur open. Blij dat Ricardo afgeleid is door de klant die binnenkomt. Een opvallend net pak heeft de man aan. Het past wel bij hem dat hij beleefd goedemiddag zegt, maar hij slikt het eind van het woord in als hij ziet wat er aan de hand is. Nu wordt van mij verwacht dat ik de man zich koest laat houden. Ja, dat is mijn taak. Mijn stiletto, ik trek mijn stiletto uit mijn jaszak. In plaats van achteruit te wijken stapt de man op me af.

'Rustig maar, jongen.' Hij heeft een vreemde basstem. 'Ik doe je niks.'

'Blijf staan!' Nu mijn stiletto naar hem toe stoten, als een schijnbeweging, dan wordt hij wel bang. Toch komt hij nog dichterbij. Ik doe een stap achteruit. Wat is dat voor een vent? Hij blijft naar me toe komen. Wil hij dat ik hem steek? Hij vraagt erom. Shit, ik moet nu steken, het kan niet anders. Klotearm, waarom zo trillen? Mijn arm, het mes, ze zijn niet stil te krijgen. Verdomme, het lukt niet, ik kan het niet, ik wil het niet. Die stomme tranen in mijn ogen, alles wordt ineens wazig. De stiletto klettert op de tegelvloer. Armen pakken me stevig vast bij mijn schouders.

'Rustig blijven, jongen,' zegt de basstem. 'Het is goed zo.'

'Godverdomme!' schreeuwt Ricardo achter in de winkel. Gelukkig heeft hij de winkelier alleen gelaten. Ricardo rent mijn kant op. Hij is vast woedend op mij. De klant en ik deinzen achteruit. Ricardo heft zijn mes. Even kleurt het metaal zachtblauw door de dofblauwe spotjes aan het plafond. Dan stoot hij het mes in de schouder van de klant. Kreunend laat de man me los en hij zakt neer.

'Kom op!' zegt Ricardo. Hij holt naar de buitendeur. Ik wil iets zeggen, maar kan geen woord uitbrengen. Op de vloer wordt het plasje bloed naast de man snel groter. Vlug mijn mobieltje uit mijn broekzak, ik druk op 1-1-2. Wat brabbel ik nou allemaal? In elk geval ook *zwaargewond* en *Adagio* en *cd-winkel.* En nu snel Ricardo achterna, nee, de man helpen … Mijn trillende benen blijven staan. Ik moet van alles, maar ik doe helemaal niks. Waarom giechel ik nou? Mijn gedachten ergens op richten. Onmogelijk.

125

Een warboel. Mijn leven met mama komt nooit meer terug. Ik kan sowieso nergens naar terug. Alles is voorbij, kapot. Nergens meer controle over. Iedereen mag me komen halen. Waarom komt niemand me halen?

De winkelier knielt bij de klant. Ze praten. Ik versta er niks van, de muziek tussen hun woorden is van Chopin, dat weet ik zeker. Zoals Amber altijd Chopin op de piano speelt, daar krijg je rillingen van over je rug. Maar vooral mama kon super pianospelen, het verveelde nooit. Mijn billen leunen tegen iets hards ... o, ik zit half op een bak cd's. Het geluid van sirenes van naderende politiewagens vermengt zich met Chopins pianomuziek.

HOOFDSTUK TIEN

'Zo, je mag hier naar binnen.' Een agent houdt een deur open.
Met langzame, slepende passen loop ik langs hem. Waarom moesten de veters uit mijn schoenen? Denkt hij nou werkelijk dat ik van plan ben om me op te hangen? Jezus, de cel is bijna net zo klein als een wc-hokje. Aan een van de kale muren zit een bankje vast. Verder is het er helemaal leeg.

'Er komt zo iemand bij je.' De agent doet de deur op slot. Hoelang moet ik hier blijven? Ik heb niks gedaan.

Dan maar op dat bankje gaan zitten. Kon ik het laatste uur maar van me afschudden of door de wc spoelen of zo. In elk geval, kon ik er maar voor zorgen dat ik niet met Ricardo en Dikke Dirk was meegegaan en dat die klant niet was neergestoken en gewond geraakt. Ik zou er alles voor overhebben. Alles? Al zou ik mijn leven lang een lulletje moeten zijn, een slap lulletje dat voortdurend door iedereen wordt gepest, ik zou het er echt voor overhebben.

Er zit niet eens een raam in dit hok. Als ik hier lang moet blijven, zal ik nog stikken omdat er niet genoeg zuurstof is. Wat moet ik tegen papa en Tara zeggen? Ach, wat maakt het uit. Ze vonden me toch al niks. In de ogen van de jongens van de groep ben ik nu vast extra stoer. Net als De Kale met zijn lange, zwarte jas. Iedereen heeft ontzag voor hem. Hij heeft in de bak gezeten, je moet voor hem oppassen, heeft Ricardo ooit gezegd. Verdomme, waarom heeft Ricardo zijn mes in die klant gestoken? Voor hetzelfde geld was de man dood. Nooit neem ik nog een mes mee, dat weet ik duizend procent zeker. Die vent in de winkel had trouwens met zijn tengels van me af moeten blijven, dan had Ricardo me helemaal niet hoeven helpen.

Geluiden buiten de cel. Eindelijk wordt de deur opengedaan, maar blij ben ik niet. Integendeel, mijn hart begint te bonken.

'Dag. Mijn naam is Mulder. Ik ben hulpofficier van justitie. Ik wil je even een paar vragen stellen.' De man is blijkbaar heel wat, maar het is niet te zien, hij heeft een gewoon agentenuniform aan.

'Je bent overigens niet verplicht om te antwoorden.' Hij zet zijn bril op en staart naar een formulier. 'Weet je waarvoor je hier zit?' vraagt hij.

'Ik heb niks gedaan.'

'Dat zullen we gaan uitzoeken,' zegt hij. 'Je bent aangehouden omdat je een getuige bent van geweldpleging en ook vanwege medeplichtigheid aan beroving.' Hij kijkt me aan. 'Vertel maar eens wat er is gebeurd.'

Hij denkt toch niet dat ik nou zomaar alles ga vertellen? Ricardo zal woedend worden. Ik moet proberen wat vage dingen te zeggen.

'Oké,' zegt de man na een poosje. 'Ik weet voorlopig voldoende. Straks hoor je wel wat er verder gaat gebeuren.'

Shit, laten ze me hier nu weer alleen zitten? Geen tv, geen radio, geen blaadjes om te lezen … helemaal niks. Ik had thuis op mijn kamer kunnen computeren, ik had in het Vagevuur met vrienden kunnen praten en lachen … als ik niet in Dikke Dirks ouwe Opel was gestapt.

Waarom moest ik mijn horloge en mijn mobieltje inleveren? Mag ik niet weten hoe laat het is? Hoe lang zit ik hier al? Het is tijd om eens op te staan en wat te kuieren. Zo, twee stappen naar voren, eentje opzij en weer twee naar voren en eentje opzij … Ja, zo'n wandeling, ook al is het dan met losse schoenen, daar knap je van op. Hoe vaak hebben papa en Tara niet gevraagd of ik met ze een wandeling ging maken? Het zou ze goeddoen als ze zagen dat ik hier uit mezelf wat rondwandel. Als ik niet al te hard loop, duurt elke stap een seconde en elk rondje dus zes seconden. Al

128

twintig rondjes heb ik nu afgelegd. In tijd is dat bijna niks, hooguit twee minuten.

Dan maar weer gaan zitten. Hoe komen ze erbij om me in zo'n rothokje op te sluiten? Ik heb tenslotte niks verkeerds gedaan. Ik heb zelfs zelf de politie gebeld. Zou Ricardo kwaad op me zijn? Waar zou hij naartoe zijn gevlucht? Een normaal mens komt na een paar minuten weer uit de wc, maar mij laten ze in net zo'n hok al zeker een uur zitten, misschien al wel twee uur. Zijn ze me vergeten? Ineens voelt mijn lichaam als een magnetron, het gloeit als een gek. Misschien gaat iedereen straks naar huis zonder er nog aan te denken dat ik hier zit. Ik kan de deur of de muren niet kapottrappen. Het mag dan niet de bedoeling zijn om zomaar op de oproepknop te drukken, ik moet wel. Mijn hand gaat naar de rode bel.

Al zeker een halve minuut voorbij en nog geen reactie. Zie je wel, iedereen is weg. Niet alleen op mijn voorhoofd en bij mijn slapen, ook in mijn nek voelt het nat van het zweet.

'Ja, hallo?' Gelukkig toch een stem vanuit het roostertje in de muur.

'Wanneer mag ik eruit?' schreeuw ik.

'Een beetje rustig, alsjeblieft,' zegt de mannenstem. 'We komen je zo halen.'

En maar weer wachten. Als er iets dom en zinloos is, dan is het wel wachten. Je doet niks: niks leuks, maar ook niks vervelends. Alleen maar zitten. Eens kijken of ik het roostertje kan raken. Mijn schoen laat, door de snelle strekbeweging van mijn been, mijn voet los en vliegt tegen de muur aan, vlak naast het roostertje. Hè, jammer. Dan maar proberen met de andere schoen … ook mis.

Toch weer vage rommelgeluiden achter de deur. Gauw mijn schoenen aantrekken.

'Loop maar met me mee,' zegt een agent. Ik kan wel janken van geluk, eindelijk weg uit dit kot. Alleen maar een korte gang door en we zijn al bij de verhoorkamer. Aan een lange tafel zitten papa en Tara. Ik zou naar ze toe willen rennen en willen vragen of ze me mee naar huis nemen, maar ik durf ze niet eens aan te kijken.

Een agent wijst me de stoel tegenover hen aan, zelf neemt hij met een vrouwelijke agent naast mij plaats. Mijn naam, leeftijd, adres en zo weten ze allang, en toch moet ik ze weer opnoemen. Prima, zolang we met die dingen bezig zijn, stellen ze tenminste geen lastige vragen.

'Nee, ik heb geen broer of zus,' zeg ik. 'Wel een stiefbroer.'

'Oké.' Het is of de agente op dit moment heeft gewacht. Ze buigt naar voren en vouwt haar handen samen op de tafel. 'Je bent aangehouden in een cd-winkel. Met wie was je daar?'

Ik haal mijn schouders op.

'Luister eens,' zegt de agent, 'je bent beter af als je gewoon antwoordt, je brengt jezelf anders alleen maar meer in de problemen.'

Alles in mijn lichaam trilt mee met de slagen van mijn hart. Mijn vingers knijpen in de rand van de tafel. 'Ik heb hem beloofd om niks te zeggen.'

De agent tikt op het vel papier dat voor hem ligt. 'Jongen, dit is behoorlijk ernstig, er is iemand neergestoken.'

'Die man in de winkel hield me vast. Toen heeft hij me bevrijd. Hij deed het voor mij. Hij is mijn vriend.'

'Oké, op de identiteit van je vriend komen we nog terug.' De vingers van de ineengevouwen handen van de agente strekken en buigen een paar keer, alsof ze een vliegende vogel nabootst. 'Laten we elkaar wel aankijken als we met elkaar praten, Niels. Waarom was je met je vriend in die cd-winkel?'

Zeikwijf. Ik geef je heus wel een antwoord, des te sneller ben ik van dit gedoe af. Maar ik ga je echt niet in je ogen kijken. 'We hebben geld nodig voor onze club.'

'Dus je bent supporter. Van welke club?' vraagt ze.

'De beste club.'

'Ben je wel eens eerder met geweld in aanraking geweest? Heb je wel eens gevochten? Je gezicht lijkt behoorlijk toegetakeld,' zegt de agent.

'Ze zochten ruzie ... We moeten laten zien dat we sterker zijn. Anders denken ze dat ze de baas kunnen spelen.'

De agente fronst haar geëpileerde wenkbrauwen.

'Ze moeten gewoon uit onze buurt blijven, anders vragen ze er zelf om. Als zo'n slappe gast niet opzijgaat voor een sterke, dan weet hij wat er kan gebeuren. Zo werkt het in de natuur ook.'

'Van wie heb je dat allemaal?' vraagt ze.

'Hoezo? Het is gewoon zo.'

De agente legt haar rechterhand vlak bij me op tafel. 'Is het niet zo dat mensen met minder kansen in het leven moeten worden geholpen?'

'Precies. Daarom moeten de sterken de leiding nemen. Dat kunnen de zwakken niet.'

Bij zijn keel trekt de agent zijn stropdas wat losser. Hij leest iets wat op het papier staat. 'Waarom had je in de winkel een stiletto bij je?'

'Nou, gewoon, omdat ik op de uitkijk stond.'

'En wat was daar de bedoeling van?' vraagt hij. 'Als een man of vrouw jouw vriend zou hinderen bij de beroving, moest jij die dan neersteken?'

Het is hier bijna net zo warm als in de cel. Met mijn duim veeg ik de zweetdruppel af die van mijn slaap naar mijn wang biggelt. 'Natuurlijk niet! Alleen maar een beetje bedreigen.'

'Als de klant jou niet had vastgegrepen, had jij je mes misschien wel degelijk gebruikt. Wie weet had je de man per ongeluk of expres gedood.'

Waarom dringt die irritante agent zo aan? Het slaat nergens op. En nou komen er ook al tranen op. Diep ademhalen, niet janken, sukkel.

'Ik zou nooit iemand steken, echt nooit.'

'Maar je vindt het wel goed als je vriend het doet,' zegt de agente.

'Hij deed het voor mij, dat heb ik toch al gezegd.'

'O.' De agent neemt het weer van haar over. 'En dan vind je het *wel* goed als hij de man had vermoord?'

'Neehee!' Toch een traan die ineens naar beneden loopt.

131

De agent buigt ook naar voren. 'Maar dan snap ik niet dat iemand die tot zoiets in staat is, je vriend is, dat je die beschermt.'

'Niels,' zegt de agente met een zachte stem, 'ik heb gehoord dat je moeder een jaar geleden is overleden. Wat denk je dat zij hier allemaal van gevonden zou hebben?'

Er komt een raar geluid uit mijn keel, maar ik snik in elk geval niet. 'Verdomme, laat mama erbuiten.'

'Ik heb begrepen dat je veel verdriet had toen je moeder stierf.' De zachte stem van de agente weet niet van ophouden. 'Probeer je voor te stellen hoe het is voor de familie van de neergestoken man, die wel dood had kunnen zijn.'

Waarom stoppen ze niet? Waarom laten ze me niet met rust?

'Zeg nou maar dat Ricardo erbij was!' roept papa plotseling.

Het is of hij achter een nat raam tegenover mij zit. Ik veeg mijn betraande ogen af, maar het helpt nauwelijks. Binnen een fractie van een seconde zijn mijn ogen weer vochtig.

'Was het Ricardo?' Waarom begint die agent te schreeuwen?

Ik hou mijn handen voor mijn ogen, ik wil niemand meer zien.

'Niels, zwijgen heeft geen zin. We weten toch al dat het Ricardo is. Je maakt het jezelf alleen maar moeilijk.' De agente legt een hand op mijn schouder.

Zout slijm zakt op mijn lippen, een mengsel van zweetdruppels, tranen en snot. Kon ik maar een klem op mijn benen zetten, dan zouden ze niet zo trillen.

'Ricardo?' zegt de zachte stem.

Raar, mijn lichaam rilt en gloeit tegelijk. Mijn hoofd, zwaar en vermoeid, ik kan het bijna niet rechtop houden. Wat maakt het me ook uit, mijn hoofd valt voorover.

'Betekent dat *ja*?' vraagt de agent.

Alle geluiden trekken weg. Rare stilte, alleen maar het bonken van mijn hart. Ja? Ja hoor, het is ja. Gewoon nog een keer knikken.

'Ricardo dus?' Hé, daar is de stem van de agent weer.

'Ricardodus,' echo ik. Ricardodus, klinkt grappig, Ricardodus-Ricardodus.

'Waren er nog andere mensen bij betrokken?' De agent gaat maar door. Wil hij ook nog de naam van Dikke Dirk? Nou, dan geven we die toch.

Nog een vraag, deze keer van de agente. Vooruit, kom maar op met al die vragen. Ik weet alles, ik ben de deskundige, ik ben de expert, ik geef de antwoorden. Elk goed antwoord levert tien punten op. Ik ga voor de hoofdprijs.

HOOFDSTUK ELF

De kamer van Ricardo is zoals meestal netjes opgeruimd, maar nu lijkt het alsof hij er rekening mee heeft gehouden dat hij hier voorlopig niet zal terugkeren. Onder het hakenkruis aan de muur staat de kist met wapens en ... hé, daarnaast Ricardo's kluisje. Van achter een aantal dozen haal ik de kist tevoorschijn. Loodzwaar, bijna niet te tillen. Gelukkig laat het schuiven van dat ding geen sporen achter op de vloerbedekking. Ik sleep hem naar de trap. Er is niemand die me kan helpen. Tree na tree laat ik de kist naar beneden bonken.

Wie weet denkt Ricardo nu aan zijn kist. Als de politie hier geen wapens vindt, zal hij beseffen dat hij er goed aan heeft gedaan mij te vertrouwen en dan zal hij hopelijk ook geloven dat *ik* hem niet heb verraden.

Het schuurtje achter in de tuin, daar moet ik zijn. In een stoffige hoek maak ik plek vrij voor de kist. Planken, dozen, kastjes ... rommel genoeg om de kist mee te verbergen.

Vlug terug naar boven, het kluisje halen.

Zo, klaar, ruim voor papa en Tara thuiskomen. Ricardo zal trots op me zijn.

Terwijl ik tv kijk, probeer ik hem te sms'en. Geen reactie. Na een half-uur nog niet. Wil hij niets meer van me weten? Of vindt hij terug-sms'en te link? Denkt hij dat de politie via zijn mobieltje kan ontdekken waar hij is?

Honger. Ik stop een pizza in de oven.

134

Zo onderuitgezakt, met een arm languit tussen mijn benen, hoef ik eigenlijk niet op de keukenstoel te zitten. Er is tenslotte niemand op wie ik cool wil overkomen, maar het gebeurt automatisch.

Met twee handen schud ik de ketchup uit de fles. Ik duw een stuk pizza in mijn mond, als de voordeur opengaat.

Tara komt even de keuken in, maar loopt meteen weer weg. Papa zet de waterkoker aan en blijft, met zijn handen in zijn zakken, staan.

'Waarom eet je nu al?' vraagt hij. 'We hadden toch afgesproken dat we weer samen aan tafel zouden gaan?'

Even een hap doorslikken. 'Afgesproken? Je hebt alleen gezegd dat je graag wilt dat we met z'n drieën eten.'

'Dat wil ik ook graag.'

'Nou en?' zeg ik. 'Ik heb *nu* honger.'

'Luister eens, joh. Er zijn dingen niet goed gelopen, dat weet jij maar al te goed. Laten we het nu anders doen.'

Ik sta op. 'Dingen? *Jij* hebt Ricardo verraden. Als jij niets had gezegd, dan had ik ook niet ...' Weer een brok in mijn keel. Vlug mijn pizza oppakken en naar boven.

Nu Ricardo er niet is, gaan ze er vast van uit dat alles verandert en dat ze alles over mij te vertellen hebben. Ze kunnen het op hun buik schrijven. Als Ricardo terugkeert, zal hij een arm om me heen slaan en 'respect, broertje' zeggen.

'Niels, we gaan eten,' roept Tara onder aan de trap.

Ik draai een kwartslag met mijn bureaustoel. 'Geen honger,' schreeuw ik terug.

Papa's trage voetstappen komen de trap op. Zijn gezicht is raar gespannen als hij naast me staat.

'Al eet je niet, je komt toch maar gewoon bij ons aan tafel zitten.'

'Doe even normaal. Moet ik daar voor lul gaan zitten? Ik heb wel wat anders te doen. Huiswerk maken, dat vinden jullie toch zo belangrijk?'

'Drijf het nou niet op de spits, joh. Kom gewoon naar beneden.'

Ik sla een boek open en doe of ik lees. Plotseling zijn hand stevig om mijn bovenarm. Is dat papa die me overeind trekt? Hoe is het mogelijk?

'Oké, oké,' zeg ik. 'Ik ga al.'

De eettafel is ook voor mij gedekt, maar ik schep niets op mijn bord.

Zonder één woord te zeggen malen papa en Tara met hun monden. Ze kijken me niet aan. Durven ze niet? Ik trommel met mijn vingertoppen op het tafelblad en kijk af en toe op mijn horloge.

Al vier minuten voorbij. Het is mooi geweest. Nu gewoon opstaan.

'Nou, dit was het dan.' Ik schuif mijn stoel tegen de tafel aan.

Papa kucht en neemt een slok water. 'Goed, je kunt van tafel gaan.' Met een aarzelende blik kijkt hij naar Tara, hij wil vast weten wat zij ervan vindt. 'Maar de volgende keer eten we weer samen. Oké, Niels?'

De hele avond in mijn eentje op mijn kamer, het is om gek van te worden. Na bijna anderhalf jaar is het raar om ineens een e-mail naar Rens en Joris te sturen. Waarom zijn we die tekenspelletjcs via onze computers niet gewoon blijven doen?

Het plafond en de vier muren worden al donker. Dus opstaan, lamp aan, gordijn dicht en nog een keer gaan liggen op bed. Stel je niet zo aan, man. In het hok op het politiebureau was het pas echt klote. Als ik toen niet met papa en Tara naar huis had gemogen, had ik mijn hoofd tegen de muur kapotgebeukt, dat kan gewoon niet anders.

Wil ik nog naar het Vagevuur, dan moet ik nu weg. Natuurlijk zullen papa en Tara erachter komen. Maakt niet uit, dan weten ze meteen dat ik niet altijd thuis kan blijven.

Buiten. Koude wind. De capuchon van mijn jas nog wat verder over mijn hoofd. Op de stoep is ruimte genoeg om flink door te stappen. Niet na twee passen eentje opzij en daarna weer twee terug.

Zonder te stoppen even achteromkijken. Papa komt me niet achterna, zijn hand zal niet in mijn bovenarm knijpen.

Door de wind schiet de deur van het Vagevuur open. Het dikke gordijn beweegt een beetje. Daarachter het gelal van zingende supporters, gezellig! Ik schuif het gordijn wat opzij. Langzaam houdt het gelal op. Gezichten keren zich naar mij, chagrijnige gezichten. Vooral die van de supporters voorbij het biljart. Nog maar even niet naar ze toe gaan.

Aan de bar dan maar. Die is zo goed als leeg.

De vochtige lippen van de dikke barman houden een sigaret vast. Ook hij kijkt me niet vrolijk aan.

'Biertje, alsjeblieft.' Altijd als het nergens op slaat, begin ik te stotteren. Doe toch normaal.

'Onder de zestien geen alcohol,' zegt hij vlak.

'Maar ik krijg hier altijd …'

'Nou?' onderbreekt hij me. 'Wat wordt het?' Ongeduldig laat hij zijn sigaret tussen zijn lippen rollen.

'Cola.'

Ik hou het glas dicht tegen me aan, zodat de anderen het niet kunnen zien. Het smaakt goed. Nog zo'n teug. Het glas is al leeg.

'Kon je je mond niet houden, loser?' De man achter in het café schreeuwt zo hard, dat het vast voor iedereen duidelijk is dat zijn woorden voor mij zijn bedoeld. De stem komt me bekend voor. Van wie is die ook weer? Me even omdraaien, misschien herken ik hem. De grote groep achterin is nauwelijks te zien. Diego, Wesley en Benno lopen in het zicht, ze komen op mij af.

'Hallo gasten, alles goed?' Ik steek mijn vuist naar voren, maar geen van de drie reageert.

'En? Ben je aangenomen als junioragent?' Diego's vuist tegen mijn borst. Veel te hard, dit zijn geen grappen. 'Of heb je meteen een vaste aanstelling gekregen?'

'Geef die papegaai wat te drinken.'

Benno kijkt van de barman naar mij. Snel wil ik een slok nemen, maar Benno stoot tegen mijn nieuwe glas, de helft van de cola vliegt tegen mijn gezicht. Plakzooi!

'Zo lang op je praatstok, dan wil je wel zuipen,' zegt hij. Een klap tegen de onderkant van mijn glas, het klettert op de grond.

'Wat doe je nou, eikel?' Ik buk, raap de grootste glasscherf op, kom met een ruk weer omhoog en steek de glasscherf naar hem toe.

'Sukkel,' zegt Diego, 'ga je nou de stoere vent uithangen? Had dat maar gedaan bij die wouten.'

Raar, zoals ik hier sta, zo stond ik ook met een stiletto in mijn hand in de cd-winkel. De klant was niet bang, deze jongens ook niet. Het plasje bloed van toen verschijnt in mijn hoofd, het wordt groter en groter. De glasscherf valt uit mijn hand, ik schop hem een eind weg.

'Je zat al dicht bij de uitgang,' zegt Diego. 'Dan zal het je nu weinig moeite kosten om op te rotten.'

Al 2:30 op mijn wekker. Ik voel me afgepeigerd, ik hou mijn ogen dicht ... Waarom komt de slaap nou niet? Omdat in mijn kamer één schemerlampje is aangebleven? Onvoorstelbaar, wat een watje. Durft niet eens meer in het pikkedonker te slapen. Het slaat nergens op.

2:35, amper vijf minuten later. Mijn hoofd omdraaien, niet meer naar de wekker kijken. Verschillende beelden van de agressieve gezichten van Diego, Benno en Wesley glijden over elkaar heen. Ik probeer mijn kussen zo stevig mogelijk tegen mijn ogen te drukken. Hoe vaak heb ik dat niet gedaan toen mama ziek was? Zal ik een van haar cd's opzetten? Bach maakt me vast rustig. Ik *moet* slapen. Slapen-slapen-slapen. Met een ruk keer ik me weer om. Ik probeer iets van Bach te neuriën. Stop! Klonk er beneden een geluid? Het blijft volkomen stil. Opnieuw wil ik gaan neuriën, maar weer hoor ik iets. Deze keer duidelijk een licht gekraak. Het kwam niet van buiten, maar uit de keuken. Papa? Tara? Raar, ik heb ze niet naar beneden horen gaan. Weer een geluid, een gedempt, dof plofje. Ik hou mijn adem in. Op het kloppen van mijn hart na is het stil. Doe alsjeblieft niet zo opgefokt, sukkel. Het geluid werd vast veroorzaakt door een muis, of door de wind. Niks om je druk over te maken. Slapen!

138

Opnieuw mijn ogen open. Gekraak op de trap, duidelijk … en nu gekraak halverwege de overloop. Zo geconcentreerd mogelijk luister ik naar … geen enkel geluid, naar helemaal niks … jawel, toch wel, naar zachte voetstappen. Ze naderen mijn kamer. Misschien is het papa, misschien wil hij controleren of ik in bed lig. Of komen Benno en Diego me aftuigen? Onhoorbaar gaat de deur langzaam open. Ik duik dieper onder het dekbed, liggend op mijn buik doe ik alsof ik slaap. Iemand sluipt dichterbij, hopelijk ziet hij niet de zweetdruppeltjes die over mijn voorhoofd lopen. Plotseling het dekbed van me af, een grote hand op mijn mond, een andere op mijn achterhoofd en een harde knie op mijn arm.

'Smoel houden! Of je bent dood!' Zelfs vanuit mijn ooghoek is hij niet te zien, maar het is Ricardo's fluisterende stem. Voor zover het mogelijk is, knik ik. Zijn handen trekken me aan mijn T-shirt omhoog, sleuren me het matras af en duwen me op de grond.

'Nog bedankt, Niels!' Een van zijn twee laarzen zet hij op mijn pols, de andere staat vlak voor mijn gezicht. Voorzichtig kijk ik omhoog: een stevig dichtgeregen soldatenlaars, een smalle spijkerbroekspijp, een krap kruis, daarboven een wit shirt en een spijkerjasje en dan, bijna twee meter van me af, zijn felle ogen. Vanuit zijn kale hoofd spugen ze vuur naar mij.

'Schoft, wil je me in de bak hebben?' sist hij.

'Ze wisten het al … dat van jou. Ik zweer het. De agenten wisten het al allemaal.'

Hij duwt zijn soldatenlaars harder op mijn pols. Nog even en dan hou ik het niet meer, dan breekt mijn pols en dan schreeuw ik alles bij elkaar.

'Ik zweer het!' fluister ik nog eens.

'Waar is de kist? Waar is mijn geld? Ik steek je neer als je ze niet hebt. Je hebt me al genoeg klerezooi opgeleverd.'

'Ze zijn verstopt,' kreun en fluister ik tegelijk.

'Waar?' Hij drukt zijn soldatenlaars extra hard naar beneden.

'In de schuur.'

Nauwelijks heeft hij mijn antwoord, of hij trekt me aan mijn T-shirt in één snelle beweging rechtop. Op mijn blote voeten loop ik voor hem uit. Op de overloop duwt hij tegen mijn rug en geeft hij een knietje tegen mijn boxershort. Terwijl hij me naast zich stevig vasthoudt, slaat hij op de trap bij elke pas een paar treden over, zo zijn we snel beneden. Buiten voelen de tegels koud en vochtig aan.

'Uitlaten!' zegt hij als ik de lamp van het schuurtje aan wil doen. Met een zaklantaarn licht hij bij. Ik heb de kist en de kluis snel gevonden. Hij telt het geld en steekt het in de binnenzak van zijn spijkerjas. Ook een paar voor hem blijkbaar speciale messen stopt hij bij zich. Hij kijkt me aan, niet bang, niet onzeker, eerder een beetje bezorgd. Om mij? Om zichzelf? Met zijn vingertoppen geeft hij een tik tegen mijn wang. Waarom houdt hij er nu zijn hele hand tegen?

'Alles op mijn kamer is voortaan van jou ... Een broertje ... ik heb er altijd eentje gewild,' zegt hij. 'Lach niet zo sloom!'

Ik kijk naar de grond.

'Een broertje waar ik wat mee kan. Niet zo'n loser als jij.' Met zijn zaklantaarn schijnt hij in mijn gezicht. Plotseling knijpt hij genadeloos hard in mijn wang en draait hij hem naar de grond. Ik moet wel vooroverbuigen.

'Denk maar niet dat je van me af bent, schoft. Ooit pak ik je!' Hij duwt me van zich af, ik val tegen een paar emmers.

'Hé, kom op, man,' roep ik. Meer durf ik niet te zeggen.

Ineens doet hij zijn zaklantaarn uit. Ik begrijp meteen waarom: in de keuken is het licht aangegaan. Er loopt iemand naar buiten, het is papa in zijn peignoir. Ricardo geeft een zet tegen mijn rug, ik wankel naar buiten.

Papa knikt naar mijn voeten. 'Wat heeft dit te betekenen?'

Na elke harde bonk van mijn hart volgt een zachte echo. Zal ik papa zonder geluid met mijn lippen zeggen dat Ricardo er is? En dan met papa het schuurtje in om Ricardo te overmeesteren? Of met papa naar de keuken rennen en met de deur op slot de politie bellen?

'Ik was even mijn fiets aan het repareren.' Mijn stem klinkt normaal, dat valt me niet tegen.

'Midden in de nacht? Papa schudt zijn hoofd. 'Schiet op, joh, naar binnen!'

HOOFDSTUK TWAALF

Natuurlijk kan ik nu helemaal niet meer slapen. Wat lijkt het huis van mama en mij nu veilig. Ook toen ik bij Amber woonde, was alles nog overzichtelijk. Best goed zelfs. Wat zou Amber aan het doen zijn? Wie weet ligt ze ook wel doelloos in bed. Te denken aan mij. Zucht. Vast niet. Misschien ligt ze wel naast Jeffrey. Nee, dat mag natuurlijk niet van tante. Of is ze nu met Jeffrey bij haar vader? Hou toch op met die stomme gedachten! Waaraan ik ook denk, telkens gaat de gedachte een verkeerde richting op.

Zal ik proberen iets met Amber af te spreken? Grote kans dat ze van Jeffrey weet dat ik in een cd-winkel ben aangehouden en zo. Waarschijnlijk wil ze me niet eens zien. Ik pak het mobieltje, dat naast mijn bed op de grond ligt.

Hé Amber, hoe is het?

Nee, zo'n sms-berichtje vindt ze vast raar. Alsof er niks aan de hand is en we elkaar nog bijna elke dag spreken. Opnieuw toets ik wat in.

Amber, lang niet gesproken. Alles cool? Later

Ook dit berichtje lijkt nergens naar. Wissen dus. Ik trap het dekbed van me af, laat het mobieltje op het matras vallen en ga mijn bed uit.

Op het plankje boven mijn audio-installatie staan ook een paar hard-

142

core-cd's van Ricardo. Ik duw ze opzij en zet mijn eigen muziek op. Die hardcore-cd's zijn niet eens meer van Ricardo, maar van mij. Vreemd dat ik zoiets denk. Ook alle geel-wit gestreepte attributen op zijn kamer horen nu bij mij. Ik voel me net een nabestaande met een erfenis. Wat moet ik met dat geel-en-wit? Als ik naar het stadion ga, slaan De Kale met zijn lange jas, Diego, Chris en de rest me vast in elkaar. Zou Ricardo ooit nog terug naar huis komen? Zo gek is hij niet. Veel te link. Toen hij zijn geld ophaalde, had ik hem er al bij kunnen lappen. Maar wat had ik dan moeten doen? Hem vastpakken? Hem een dreun geven? Hij had me waarschijnlijk neergestoken. Ik had gewoon al eerder zijn messen in de vuilniscontainer moeten kieperen. Stel je voor dat hij nog iemand een mes tussen zijn ribben duwt.

Amber, ik heb je zo lang niet gezien. Keertje bijpraten? Tot snel …

Opnieuw heb ik de bus genomen. Waarom wilde Amber niet dat ik naar haar kom als ze alleen thuis is? Waarom wilde ze dat we elkaar in een café zouden ontmoeten? Voelt ze zich bij mij alleen veilig als er mensen in de buurt zijn?

Daar heb je haar. Met haar handen in haar jaszakken manoeuvreert ze langs de tafeltjes en stoeltjes en ze gaat tegenover mij zitten. Ze geeft een harde schop tegen mijn scheenbeen. Door mijn gekuch hoort ze hopelijk niet dat ik even kreun.

'Luister,' zegt ze, 'ik ben gekomen omdat we elkaar al zo lang kennen, maar dat is ook echt alles. Ik heb hier weinig zin in.'

'Eén drankje. Ik wilde je heel graag even zien.'

'Wat ben jij voor iemand? Waar ben je nou helemaal mee bezig? Wat dacht je: ik ben al veertien, het wordt onderhand tijd om mijn leven te verknallen?' Ze kijkt alsof ze gaat ontploffen.

Ik buig mijn hoofd.

'Eén drankje. Dus zeg maar wat je te zeggen hebt, ik ben zo weer weg.'

'Je moet weten dat … Ik heb niets gedaan, ik stond er alleen maar naast.'

'Ja, en je keek ernaar. Je gaat me toch niet vertellen dat het je allemaal overkomen is, hè?' Ze haalt haar hand uit haar jaszak en maakt een soort wegwerpgebaar. 'Ik wil het niet horen.'

Ik gebaar naar de ober, bestel twee cola's en draai me naar Amber. 'Je weet gewoon niet hoe het is om bij Ricardo en zo'n grote groep te horen, om met z'n allen te zingen en bij elkaar te zijn in het stadion …'

Ik duw tegen de rand van het tafeltje, te hard. Het valt om, de asbak tolt op de grond. 'Je weet niet hoe het is om door iedereen te worden uitgekotst omdat je alles fout doet!' schreeuw ik, terwijl ik onhandig het tafeltje rechtzet.

'Ik snap het niet,' zegt ze. 'Jij sms't mij. En dan krijg ik dit. Wat wil je nou eigenlijk? Dat ik je gelijk geef? Je hebt in de bak gezeten, Niels. Als je het daar leuk vindt, moet je lekker zo doorgaan. Veel plezier en denk maar niet dat ik je kom opzoeken.' Ze kijkt de andere kant op.

'Ik begrijp ook niet waarom ik heb ge-sms't. Het is gewoon klote allemaal. Jij bent de enige die me net niet helemaal uitkotst.'

'*Net niet helemaal* … Maar je ligt wel op het puntje van mijn tong, Niels.'

'Daar wil ik best even blijven liggen,' zeg ik.

Ze lacht. Zulke momenten bestaan dus nog. Ze neemt een glas cola van de ober aan. Ik ook, en ik betaal.

Ongelooflijk wat een dorst, ik zou mijn glas in één teug leeg kunnen drinken. Maar omdat ze *één drankje* heeft gezegd, en *ik ben zo weer weg*, neem ik niet meer dan een slokje. 'Hoe had ik kunnen weten dat het in die winkel zo zou lopen?'

Overdreven tuit ze haar lippen. 'Ja, hoor, het ging per ongeluk en je zag het niet aankomen en je wilde het niet en je had nooit gedacht dat zware skinheads …' Ze laat een pauze vallen.

'Oké, het was stom.' De zucht die uit mijn mond komt, is minder diep dan ik eigenlijk wil. 'Ik weet nu niets beters te zeggen.'

'Nou, dat was het dan.' Ze zet haar glas aan haar lippen, drie tellen later is het leeg. Wat kan ik anders doen dan de bus terug nemen?

Hoe lang liggen die kussens al niet voor de doos met mama's spulletjes? Met één trap schop ik ze opzij. Daar is de doos weer. Ik neem de broche in mijn hand, en de haarborstel. Daarna de bril, de balpen, de lippenstift en het flesje lavendelparfum. Raar dat ze zelf de spulletjes heeft uitgekozen die ik moet bewaren. Was ze bang dat ik haar anders zou vergeten? Hoopte ze dat ik zo 'normaal' zou blijven?

Lekker makkelijk om alles goed te doen, als je bent zoals zij.

Ik rommel wat verder in de doos. Geen enkel ding roept een minpuntje van haar op. Heeft ze die dingen er bewust uit gelaten? Als ik haar minpunten kende, zou ik dan minder om haar geven? En zij? Heeft ze een hekel aan mij, nu alles is misgelopen?

Mijn eerste pianoboeken zitten erin. Toen vond ik het nog leuk om piano te spelen. De latere pianoboeken heeft mama vast expres niet in de doos gedaan. Met mijn handen wrijf ik over mijn lijf, maar de koude rillingen gaan niet weg. Van haar moest ik eeuwig studeren op hetzelfde ingewikkelde muziekstuk. Ineens komt er een herinnering in me op. Mama zit naast me achter de piano. 'Let toch op, alweer dezelfde fout. Al moet je hier tot vanavond zitten, je zult …' Met mijn hoofd schudden, weg met die stomme herinnering.

Waarom gehoorzaamde ik haar toen zo goed? Ze was ziek, zwak en slap. Had niet eens genoeg kracht om zichzelf in leven te houden. Als ik Ricardo was geweest, dan zou ik haar hebben laten zien wie de sterkste was, en dat zij in elk geval niet de baas kon spelen. Had ik haar moeten slaan dan? Belachelijk! Als Ricardo nu voor me zou staan, zou ik hem niet meer laten uitpraten. Waarom durfde ik dat vroeger niet? Hem gewoon recht in zijn gezicht tegenspreken, zo moeilijk kan dat niet zijn.

Ik kom overeind en loop naar zijn kamer. Om me heen alles wit-en-geel, en volop foto's van rellen, en dat hakenkruis.

'Waar ben je nou, man?' roep ik niet al te hard. Ik duw tegen zijn bureaustoel en tegen zijn luie stoel en tegen een halter. In de hoek staat nog een volle krat bier. Ik maak een pilsje open en neem een flinke slok. Dat was lang geleden.

'Hé, broer,' zeg ik, 'proost! Op de sterken. Maar wat heb je eraan om sterk te zijn als je niet eens meer naar huis kunt komen?' Ik loop naar waar de foto hangt met het hakenkruis erop. Van boven af scheur ik de foto kapot. Maar mijn hart bonkt. Wie weet staat Ricardo toch ooit weer in dit kamertje. Hij zal niet blij zijn als hij de gescheurde foto ziet. Ik heb geen zin om nog eens zijn soldatenlaars op mijn pols gedrukt te krijgen. In de laden van zijn bureau zoek ik naar plakband. Zorgvuldig plak ik de twee stukken van de foto weer aan elkaar.

DEEL TWEE

HOOFDSTUK EEN

Als de bel gaat, smeer ik net een boterham. Van zo'n miezerige ochtend op school krijg ik altijd een enorme honger.

Opnieuw die bel, daar heeft iemand vreselijk veel haast. Ik slof naar de deur, mijn mond vol brood, tomaat en ei. Rustig maar, zo spannend is het leven niet.

'Hallo,' zegt Ricardo.

Zijn de twee jaar nu al om? Die gozer zit niet meer in de gevangenis, hij is vrij. Duizend gedachten tegelijk vliegen door mijn bonkende kop. Wat komt hij doen? Ik wil hem niet meer. Bevroren sta ik op de drempel. Als een ijskonijn.

'Hallo,' zegt mijn stem heel hoog. Vlug mijn keel schrapen en nog eens hallo zeggen. Nu klinkt het overdreven laag. Hij lacht niet. We kijken elkaar aan. Felle ogen in een gezicht dat er nog verkrampter uitziet dan ik me van twee jaar geleden herinner. We schudden elkaar de hand. Die van hem voelt klam aan. Zou hij ook zenuwachtig zijn? Ongetwijfeld merkt hij dat mijn hand trilt.

'Je moeder is er niet,' zeg ik. 'En papa ook niet.'

'Ik kom niet voor hen. 730 dagen heb ik gezeten, ik heb ze allemaal geteld. Maar geen enkele dag zijn ze op bezoek geweest. Jij trouwens ook niet.' Zijn ogen kijken eerder vragend dan verwijtend.

Op de stoeptegels voor mij staan soldatenlaarzen. 'Je was kwaad op mij,' stotter ik.

Hij maakt een wegwerpgebaar. 'Die overval was een stommiteit.'

Stom van hem? Of van mij? Ik zal het maar niet vragen. Plotseling lopen de koude rillingen over mijn lijf. Het idee dat hij weer hier komt wonen en dat alle gedoe opnieuw gaat beginnen. Ik hou me vast aan de deur. Maar hij maakt op geen enkele manier aanstalten om naar binnen te gaan.

Hij haalt een pakje shag uit zijn spijkerjas en begint een sjekkie te draaien. 'Ik heb een kamer. Van de reclassering.'

Kom op, Niels, niet zo schijterig, denk ik. Stel gewoon een vraag. 'Kom je voor je spullen?'

Hij trekt een verontwaardigd gezicht. 'Ik heb je toch gezegd dat die voor jou zijn? Ik kom voor jou, broertje. Ik kom voor jou.'

Mijn hart klopt wat minder in mijn keel. Zijn stem klinkt lang niet zo vijandig en agressief als ik van hem gewend was. Is het mogelijk dat hij in die paar jaar echt is veranderd?

'Broertje? Dat ben ik toch niet?'

'Nou, stief dan. Familie, eigen mensen, dat is belangrijk. We zaten altijd op één lijn, toch?'

Ik trek mijn wenkbrauwen hoog op en steek mijn onderlip wat naar voren.

'Luister, Niels, ik heb de laatste tijd goeie mensen gesproken. Over belangrijke dingen.' Hij neemt een trekje van zijn sigaret.

Ik moet hem nu laten zien dat ik niet meer bang voor hem ben. 'Over jouw geel-witte hart en de club zeker. Daar ga ik niet meer heen, en ook niet naar het Vagevuur.'

Hij schudt zijn hoofd. 'Daar hou ik me niet meer mee bezig. Dat is voorbij, man.' Met de top van zijn wijsvinger tikt hij de as van zijn sjekkie. 'Dit zijn heel andere gasten. Ze weten waarover ze het hebben, man. Ze hebben doorgeleerd. Het zijn goeie mensen die de wereld beter willen maken. God lacht ons toe.'

'En wat gaat mij dat aan?' Zoiets zou er vroeger nooit uit mijn mond zijn gekomen. Een tevreden gevoel glijdt door mijn lichaam.

'Binnenkort is er vlak buiten de stad, ergens in een restaurant, een bijeenkomst waar belangrijke mensen toespraken houden over hoe het anders kan. Hoe het anders moet. Er speelt ook een bandje. Ga mee, man.'

Hij is gek. Zo veel ellende door hem en dan moet ik mee naar een of andere bijeenkomst?

'Ga maar alleen,' zeg ik.

Hij zucht en slaat zijn ogen even op naar het wolkendek. 'Denk er gewoon nog een keer over na. Je kunt me mailen of bellen.' Hij stopt een briefje in mijn hand.

'Later,' zegt hij.

Ik kijk hem niet na en doe de deur haastig dicht, alsof ik een opkomende stormvloed kan tegenhouden.

Ricardo is op volle sterkte terug. Dat deed ik nog best goed, ik heb niet toegegeven. Maar wat nu? De gang, dit huis, mijn hele leven, het lijkt ineens leeg allemaal. En vooral saai. Vanochtend op school had de leraar geschiedenis het over mensen met talent, mensen die iets betekend hebben voor de mensheid. Mij zul je nooit in de geschiedenisboekjes aantreffen, dacht ik toen. Iemand die een taakstraf van tachtig uur heeft volgemaakt door bij de plantsoendienst te schoffelen en bladeren bij elkaar te harken, dat wordt nooit meer wat.

Als ik mijn fiets pak, gewoon om even weg te zijn, komt Tara de tuin in. Die is vandaag zeker wat eerder klaar met haar werk.

'Leuke dag gehad?' Ze kijkt me aan alsof ze hoopt dat ik een olifant heb gevangen, of een tijger heb getemd.

Ik haal mijn schouders op. 'Gewoon.'

Tara legt haar hand op mijn arm. 'Is dat genoeg, Niels? Is er dan niets wat je leuk vindt?'

'Laat maar.' Ik duw haar hand weg. Haar weg. Wat moet ik hier, wat moet ik met Tara, met mijn vader, met dit huis? Rot toch op, allemaal.

'Nee,' zegt Tara. 'Ik laat het niet. Ik heb hier helemaal genoeg van. Je hebt een taakstraf gehad, maar je lijkt er niets van geleerd te hebben. Je sukkelt rond alsof je slaapwandelt. Je bent zestien, Niels, je hele leven ligt voor je. Ga iets doen, leef.'

Ze draait zich om en holt naar de keukendeur. Ik zie aan haar rug dat ze huilt.

Ik fiets lamlendig door de straten. Raar, al zo vaak ben ik door deze straten gekomen, maar deze buurt voelt niet aan als *mijn* buurt. Het is een soort logeerbuurt. Hier ben ik een paar jaar geleden opgevangen en ik zal later weer worden doorgestuurd naar een definitief adres, ergens anders. Ik woon hier alleen maar tijdelijk. De dingen die ik hier heb meegemaakt, ook voordat Ricardo gearresteerd werd, zijn dingen die alleen maar ver van huis gebeuren. Zoals vakantiegangers in Salou heel andere dingen doen dan thuis.

Het stoplicht springt juist op rood, dat wordt wachten. Ik heb het gevoel dat ik al jaren wacht. Op iets, op iemand, ik weet niet eens waarop. Een roodharig meisje, dat juist van de stoep het zebrapad op stapt, kijkt me aan. Ze komt naar me toe. Moet ik haar kennen? Ze ziet er wel leuk uit. Er hangt iets lichts en vrolijks om haar heen dat me aan Amber doet denken. Wacht eens, is dit soms een vriendin van Amber? Ik zie een kamer voor me, een feestje, boze gezichten van Ambers ouders.

'Hoi, lang geleden, zeg,' roept ze.

Ik weet het weer. 'Jij bent Nina,' zeg ik.

'Ja, weet je nog van die avond bij Amber thuis?' Nina lacht. Ze doet een paar passen terug naar de stoep, ik volg haar met mijn fiets. Achter mijn rug trekken de auto's op, ik kijk in de lachende ogen van Nina.

'Doe je dit jaar weer mee aan de dj-contest?' roept ze boven de herrie op het kruispunt uit.

Vragend kijk ik haar aan.

'Over drie weken, weer in het jongerencentrum,' zegt ze.

Ik schud kort mijn hoofd. 'Ik heb dat al een tijd niet gedaan.'

'Maar je was er supergoed in, man!'

Met mijn hand wuif ik haar woorden weg. Ze komt wat dichterbij. Er gaat een schok door mijn lijf. Voelt zij dat ook? Ik heb al maanden niet meer zo dicht bij een meisje gestaan. Zo mooi, ze heeft lieve ogen. Ze durft niet echt terug te kijken. Haar ogen gaan overal heen, maar niet naar die van mij. We staan te dicht bij elkaar, ik wil haar aanraken, maar durf het niet.

'Jezus,' zegt ze ineens, 'je hebt moeilijke dingen meegemaakt, Niels.' Ze wilde het vast op een spontane en natuurlijke manier zeggen, maar het klonk geforceerd. Toch dapper van haar, zij is een van de weinigen die over die kloteoverval durven te beginnen.

'Zou kunnen,' zeg ik.

'Gaat het weer beter?'

Ik knik.

Ze kijkt naar het verkeerslicht, voetgangers mogen weer oversteken. Ze pakt even mijn hand vast.

'Nou, sterkte.' Op een drafje gaat ze het zebrapad over. De warmte van haar hand brengt me even terug naar die andere wereld. Naar de tijd dat alles nog leuk was. Nou ja, leuker dan nu.

HOOFDSTUK TWEE

Het liefst ben ik bij Amber zonder dat er andere mensen bij zijn. Geen last van vriendjes of moeders. Gewoon samen, zoals het altijd was. Nu zijn die momenten er alleen nog als het mag.

Nog vaak denk ik aan ons *Niels-en-Ambermoment* in de kiosk en aan hoe we op de dj-contest tegen elkaar aan dansten en hoe we halfbloot bij elkaar in bed lagen. Ze heeft al twee jaar verkering met Jeffrey. Ach, dat is ook prima. We zijn gewoon broer en zus, soort van.

Bij elkaar wonen zoals na mama's overlijden is er niet meer bij, ik mag alleen komen als er iets bijzonders aan de hand is.

Amber zit midden op haar bed in kleermakerszit. Ze lijkt het vandaag wel leuk te vinden.

'Ik ben op het conservatorium geweest. Een van de leraren zei dat ik een grote kans maak om toegelaten te worden.' Haar ogen glinsteren. 'Als ik over een jaar van school af ben, is het zover!' Ze is er helemaal vol van en blijft erover doorgaan. Pas als ik over Ricardo begin, tempert haar enthousiasme.

'Moeten we het daar nu weer over hebben? Laat hem toch barsten!' zegt ze. 'Dat hij nu uit de bak is, betekent niet dat hij niet meer gevaarlijk is of zo.'

'Natuurlijk kijk ik voor hem uit, maar hij kwam niet gevaarlijk over. Hij zegt dat we familie zijn.'

Ik ga op de rand van haar bed zitten. 'Misschien wil hij gewoon af en toe thuiskomen. Ik weet hoe het is als iedereen je negeert.'

Zittend pakt ze een kussen en ze slaat haar armen eromheen. 'Als je hem nog een keer ziet, zou ik, als ik jou was, er in elk geval voor zorgen dat hij je niet kan verrassen.'

Ik knik. Plotseling knalt haar kussen tegen de zijkant van mijn gezicht. Giechelend mept ze nog een keer.

'Je niet laten verrassen, slome,' roept ze. Ze trekt aan me en duwt en … we glijden allebei van het bed. Op de grond lig ik op mijn rug. Ze zit op mijn buik. Giechelend kietelt ze me en tegelijk weert ze mijn armen af. Ik verzet me niet echt, van mij hoeft dit niet op te houden. Ondanks haar buien blijft zij het meisje bij wie ik het liefste ben. In elk geval liever dan bij de meisjes met wie ik de laatste jaren even verkering heb gehad. Waarom moest ik anders, zowel toen ik Froukje als toen ik Margje flink aan het zoenen was, denken aan de avond dat Amber en ik in haar bed lagen en zij met een vingertop *Superniels* op mijn blote rug schreef, en ik *Superamber* op haar blote buik?

Door haar gegiechel heen klinkt ineens het geluid van open- en dichtgaande deuren. Is haar moeder beneden?

Voetstappen komen de trap op.

'Am?' Het is de stem van Jeffrey.

'Hierzo!' roept ze terug en ze kietelt me nog een paar keer. Dan kijkt ze naar Jeffrey. Ze kussen elkaar. Ik krabbel overeind. Hij is heel anders dan Rens en Joris. Nooit gedacht dat ik het met hem net zo goed zou kunnen vinden als met mijn vroegere vrienden. We drukken onze vuisten tegen elkaar.

'Geen wiskunde meer!' roept Amber. 'Van muziek mijn beroep maken, Niels. Super!'

Dan trekt ze Jeffrey en mij naast zich op haar bed. Onze voeten staan naast elkaar op de kleurige mat.

Ze vertelt Jeffrey over Ricardo.

Ze kijkt naar mij. 'Eerlijk gezegd begrijp ik niet dat je nog contact met hem hebt. En dat je nog altijd bezig bent met wat er een paar jaar geleden met jou allemaal is misgegaan. Jeff heeft het nooit meer over vroeger. Ik kan er niet goed tegen als je steeds zo klaagt.'

'Als ik het zo hoor, zou ik ook niet bang voor hem zijn,' zegt Jeffrey. 'Dat hij er ook God bij haalt, lachen. Misschien is hij wel in de Heer gegaan. Had hij dat blad van de Jehova's niet bij zich, *De Wachttoren?*'

'Zo zag hij er niet uit.' Verdomme, waarom ga ik er zo serieus op in?

'Weet je, ik heb het al een tijd helemaal gehad met die gast.' Jeffrey staat op. Hij leunt tegen Ambers bureau. 'Maar ik ben eigenlijk wel benieuwd hoe het nou zit met hem. Ik kan er wel achter komen of hij nog iets met die groep te maken heeft. En als blijkt dat hij veranderd is, kunnen we best naar dat restaurant gaan.' Jeffrey kijkt me met een vragende blik aan. 'Lijkt me apart om hem bij, zoals hij het zegt, *goeie mensen* te zien. Misschien wel grappig.'

Amber lacht ook en zoent hem op de mond. Zijn hand in haar nek trekt haar nog dichter naar hem toe. Ik pas ervoor om bij Amber en Jeffrey te blijven als ze vooral met elkaar bezig zijn.

'Ik zie jullie wel weer,' zeg ik.

Ik ga naar beneden. Achter het matglas van de voordeur komt iemand aanlopen. Hij ziet mij vast ook de deur naderen, want hij belt niet aan. Ik doe open.

'Nina!' Raar dat ik niet alleen verbaasd, maar ook blij haar naam uitspreek.

Ze lacht. 'Zo kom je elkaar nooit tegen en dan ineens twee keer vlak na elkaar. Is Amber thuis?'

Als ik zeg dat Jeffrey er ook is, lijkt ze even te aarzelen.

'Jullie zijn nog steeds vriendinnen?' vraag ik snel. Ik wil niet dat ze doorloopt.

Ze legt uit dat Amber en zij niet meer in dezelfde klas zitten en niet meer zo vaak met elkaar omgaan als een paar jaar terug.

Ze is minder knap dan Amber, maar ze heeft net zo'n enthousiaste, levendige en warme uitstraling. Ik hoor amper wat ze zegt, het is leuk genoeg om naar haar bewegende mond en haar grote ogen te kijken.

'En jij?' vraagt ze ineens. 'Wat jij allemaal hebt meegemaakt ... Waarom heb je het laten gebeuren?'

Deze keer wil ik me er niet van afmaken, zoals toen op het drukke kruispunt. Nog meer dan ooit aan Amber vertel ik Nina over mezelf.

'Wacht even,' zegt Nina, 'ik ga wel een keer naar Amber als ze alleen thuis is. Moet je naar de bushalte? Dan loop ik met je mee.'

Mijn passen zijn een stuk groter dan die van haar, maar toch lopen we naast elkaar op de stoep. Op een of andere manier kan het me niet schelen om haar dingen te vertellen waarvoor ik me normaal schaam. Dat ik me alleen voel, dat ik vaak alleen ben, dat ik nog altijd wou dat mijn moeder nog leefde. Dat ik bang ben dat sommige supporters alsnog wraak op me nemen omdat ik niet meer bij hun club hoor, dat ik bang ben dat Ricardo mijn hoofd tegen de grond gedrukt houdt en de stalen neuzen van zijn laarzen erop zet, dat de eigenaar van de cd-winkel misschien wel een hartinfarct heeft gekregen van zijn angst tijdens de overval, dat de klant alsnog overlijdt aan de verwondingen die weer zijn gaan opspelen en dat ik bang ben dat ik op mijn tachtigste nog altijd bang voor dit alles zal zijn. Met elke zin die ik zeg, voel ik de druk op mijn wenkbrauwen minder en mijn lichaam lichter worden.

'Begrijp je het een beetje?' vraag ik.

Ze knikt. 'Ik weet niet goed wat ik moet zeggen, wat een verhaal.' Haar stem klinkt meelevend. 'Misschien moet je het eens allemaal opschrijven, dat lucht op. Doe ik ook altijd.'

'Maar wat moet ik dan opschrijven?'

'Hoe je je voelt. Waar je bang voor bent. Het is fijn om alles van je af te schrijven. Kijk, ik heb niet van die heftige dingen meegemaakt of zo, maar ik voel me ook wel eens kut of chagrijnig. Dan ga ik schrijven, daarna voel ik me beter.'

'Nou, misschien moet je maar schrijver worden, of journalist.' Ik wil een grapje maken, maar zo klinkt het niet.

'Dat wil ik ook. Hoe weet je dat?' vraagt ze.

We hebben het over de rechtszaak en de taakstraf, over het genegeerd worden op school en over Rens en Joris die niet op mijn mailtjes reageren en over Ricardo. Dat hij het toch een paar keer voor me heeft opgenomen en dat hij pas nog langs is geweest. Gewoon doorpraten, niet ophouden, ook al blijven we nu staan. Haar ogen, vol aandacht. Haar gezichtsuitdrukking en haar gebaartjes en haar korte reacties ... helemaal op mij gericht. Die brok in mijn keel moet daar weg, anders gaat het mis. Daar heb je het al, een snik tussen mijn woorden in, en nog eentje. Vlug mijn zakdoek pakken en, met mijn rug naar haar toe, zogenaamd mijn neus snuiten.

'Geeft niks,' zegt ze.

Raar, die stilte ineens.

'Eigenlijk zou ik er best wel eens bij willen zijn als jij Ricardo spreekt,' zegt ze. 'Snappen hoe hij is.'

'Je bent gek.'

'We kunnen naar dat restaurant gaan. Als het tegenvalt, zijn we zo weg. Of ben je bang voor hem?' zegt ze, maar niet op een spottende manier.

Ik schud mijn hoofd. 'Buitenshuis, met mensen erbij, zal hij niks doen. Maar hij kan van die stomme en botte dingen zeggen, vooral over meisjes.'

'Zo zijn jongens, toch? Ik heb twee broers, dus ik kan het weten. Een beetje ruig mag best van mij.' Ze lacht een beetje.

Die lach van haar wil ik in elk geval nog eens zien, het maakt niet uit waar we heen gaan.

HOOFDSTUK DRIE

Een week later. Omdat De Karrehoeve met de fiets voor Nina te ver is, pik ik haar bij het busstation op.

Ik heb geen idee wat ik tegen haar moet zeggen. De grapjes die ik thuis heb bedacht, lijken me nu helemaal niet leuk meer. Waarom zegt Nina zelf niets?

Al een paar minuten zit ze achter op mijn fiets. Ze heeft mijn rug of schouders nog geen enkele keer per ongeluk aangeraakt, maar ik weet dat ze achter me is, ik voel haar gewicht op mijn bagagedrager. Toen we elkaar toevallig tegenkwamen, kletste ik maar raak, terwijl het niet hoefde. Nu we iets afgesproken hebben, verwacht ze natuurlijk dat ik zorg dat het leuk is, maar waar moet ik het met haar over hebben?

'Alles goed?' vraag ik.

'Ja.'

Gelukkig is het een kort ritje. 'We zijn er bijna,' zeg ik.

Op de schemerige parkeerplaats bij restaurant De Karrehoeve staan zowel oude, vuile auto's als blinkende sportwagens. Hier en daar lopen mensen naar de ingang. Voor de ramen van het restaurant hangen waarschijnlijk dikke gordijnen, er komt nauwelijks licht doorheen. Af en toe gaat de deur even open en klinkt er geroezemoes op. Links, aan het einde van de weg, is een politiewagen geparkeerd. Waarom? Voor als het idioot druk gaat worden? Er is hier toch niemand die iemand anders lastigvalt? Toch bonst mijn hart belachelijk hard. Langzaam fiets ik over de parkeer-

159

plaats. Behalve Ricardo zijn er waarschijnlijk alleen onbekenden binnen. Waarom belde Jeffrey af? Tijdens dat telefoontje was ik alleen maar blij dat Nina en ik samen op stap zouden gaan, maar als er toch gedoe komt met Ricardo, dan zou het wel handig zijn geweest als Jeffrey er was. Iemand die ik vertrouw. Zou Ricardo al binnen zijn?

Nina springt van mijn fiets af.

'O, hier is het dus. Leuk restaurant.' Zegt ze dit spottend of bedoelt ze het serieus?

Ik zet mijn fiets in het fietsenrek op slot. Nu ik weer met grotere passen dan die van haar naast haar loop, krijg ik even hetzelfde lichte gevoel als een week geleden.

'Leuk dat je meegaat,' zeg ik. 'Ben benieuwd wat dit is. Beetje raar, vind je ook niet?'

Bij de ingang is het druk. Van de kerels die voor ons uit lopen, hebben er twee ecn kaalgeschoren hoofd. Toch supporters? Nee, dan zou er wild gedrongen worden.

De portier denkt vast dat we bij het groepje horen dat hem passeert. Hij controleert niet eens op mijn identiteitsbewijs of ik wel zestien ben. Snel stop ik het terug in mijn portemonnee. Het enige dat hij tegen ons zegt, is dat we onze telefoons moeten uitzetten.

Voorbij de bar is een soort zaaltje. Overal staan mensen met elkaar te praten. Ik ben lang niet meer in een café geweest. Nu wel, cool, mijn lichaam begint te tintelen.

De meesten hier zien er nogal stoer uit, hebben tatoeages op hun armen of dragen soldatenlaarzen. Net een reünie van een sportschool, veel kerels puilen door hun spieren uit hun strakke T-shirts. Stelletjes gorilla's. Gelukkig let niemand op Nina en mij.

Met gefronste wenkbrauwen kijkt ze me een ogenblik aan. 'Gezellige gasten, jeetje,' zegt ze zachtjes, duidelijk met spot in haar stem. Verbaasd gluurt ze om zich heen.

'Je hield toch van een beetje ruig?' probeer ik als grapje. Ze lacht niet.

Ik kan me voorstellen dat ze zich als meisje een beetje opgelaten voelt. Er zijn hier meer meisjes en vrouwen dan in het Vagevuur, maar toch niet erg veel. Het maakt me niet echt uit, maar ik had niet verwacht dat er zo veel skinheads zouden zijn.

Nina pakt mijn schouder vast. 'Niks voor mij hier, laten we teruggaan.'

Aarzelend kijk ik haar aan.

Ze fronst haar wenkbrauwen. 'Je wilt toch niet zeggen dat je bij deze gasten wilt horen?'

'Nee, maar Ricardo zei dat hij mijn vriend wilde zijn, dat hij mijn broer is. Ik ben benieuwd of hij echt anders is.'

Ze zucht. 'Snap ik.'

We lopen wat verder. Geen muziek, dat is opvallend. In het Vagevuur kende iedereen elkaar, hier blijkbaar niet. Ze zingen niet met z'n allen, ze lijken in afwachting te zijn van de eerste toespraak. Ricardo is nergens te zien. Het zaaltje is vrij donker, misschien staat hij ergens voorin. Ik wring me samen met Nina naar voren. Aan de muren hangen posters waarop met grote letters *Nationaal Verbond* is gedrukt.

Ricardo staat vlak bij het podium, in gesprek met een paar oudere kerels. Eentje in pak, een ander draagt een ouderwets brilletje met ronde glazen. Al pratend merkt Ricardo me ineens op. Blij verrast stapt hij op me af en hij schudt me de hand.

'Mijn broertje Niels,' zo stelt hij me aan de anderen voor. Ze geven me geen hand, maar gaan gewoon door met hun gesprek. En Nina laten ze al helemaal links liggen, ze kijken af en toe minachtend haar kant op.

'De wereld hier is van ons, wij stammen af van de Germanen,' zegt de man in het pak. 'De Berbers horen in de bergen van Marokko. God heeft alle volken een stuk van zijn wereld toegewezen. Elk volk komt daar het best tot ontplooiing. Dus geen vermenging!'

Ricardo kijkt me aan, zijn ogen schieten van mij naar de man heen en weer. Dan knikt hij een paar keer, terwijl zijn vochtige onderlip zich om zijn bovenlip klemt. Ricardo vindt dit dus prachtig.

Ik haal mijn schouders op. Van wie we afstammen? Misschien hebben we het wel gehad in een geschiedenisles, maar ik kan het me niet herinneren.

Er springt een kale kerel het podium op en hij steekt een arm omhoog. Meteen is iedereen stil. Hij kondigt de spreker aan, Cas Bekkers. Een lange vent van wie het donkerblonde haar netjes in een scheiding is gekamd.

'Dank u allen dat u in groten getale hiernaartoe bent gekomen. Ik kan het niet genoeg herhalen: probeer zo veel mogelijk familie, vrienden en kennissen mee te krijgen. Hoe meer volksgenoten van het Nationaal Verbond weten, hoe meer het zich kan laten gelden tegenover de politieke elite. Die corrupte politieke bende onderdrukt ons, de media verguizen ons, maar niemand kan ons het zwijgen opleggen. Omdat we strijden voor de goede zaak. Voor ons land, voor ons volk, voor ons ras!'

De zaal applaudisseert. Een rustig applausje in vergelijking met de herrie die soms in het voetbalstadion opklonk. Natuurlijk allemaal stom gelul van die spreker, maar om niet uit de toon te vallen, klap ik een beetje mee. Nina niet. Ze staart me aan, haar gezicht ziet er bleek uit.

'Voel je je niet lekker?' vraag ik.

'Voel *jij* je wel lekker? Je gaat hiervoor toch niet klappen? Dit is puur racistisch gebral. Waarom gaan we niet weg?'

'Ja, maar Ricardo ...'

'Nou, mooie broer heb jij. Ik wil dit niet horen.'

'Wij, nakomelingen van het Germaanse volk,' vervolgt de spreker, 'kunnen niet lijdzaam blijven toezien hoe onze straten worden ingenomen door buitenlandse terroristische pubers, hoe onze media worden overheerst door zoetsappig gewauwel van multiculties en hoe de politieke partijen worden geïnfiltreerd door islamitisch gespuis.'

Het wordt warm in de zaal. Ik zou veel overhebben voor een drankje. Kan me moeilijk concentreren op wat die Bekkers allemaal zegt. Ik kijk even om me heen. Raar dat zo weinig mensen drinken. Ricardo heeft een fles bier in zijn hand. Ik tik hem op zijn schouder. Meteen slaat hij mijn arm weg en kijkt hij alsof hij wil zeggen: hoe durf je me te storen? Ik wijs naar zijn bier. Gelukkig snapt hij waar het me om te doen is, hij geeft me snel zijn biertje en hangt weer aan de lippen van die Bekkers. Heerlijk, dat koele bier. Ik reik Nina de fles aan, maar ze neemt hem niet aan. 'Als je wilt, haal ik zo meteen wel een cola of iets anders voor je,' fluister ik. 'We gaan dadelijk ergens anders naartoe.'

De man op het podium praat steeds harder, hij schreeuwt meer dan dat hij spreekt. Het publiek is helemaal los, het klapt en fluit en juicht, alsof er een doelpunt is gescoord.

Nina tikt tegen mijn arm. 'Ik voel me niet op mijn gemak. Iedereen is zo fanatiek.'

'Het is maar wat je gewend bent,' probeer ik haar gerust te stellen. 'Straks, als er een bandje optreedt, wordt het vast gezelliger.'

'We mogen ons niet aanpassen, dat is verraad aan ons volk, aan onze wortels, onze Germaanse voorvaderen, ons bloed.' Bekkers' gezicht ziet er steeds roder uit. 'Weg met het systeem! We willen een veilige toekomst voor ons nageslacht! Iedereen die hier niet hoort, jong of oud, zwart of geel, hindoe of moslim … eruit!'

De zaal staat op zijn kop. Met één arm hoog in de lucht gilt Ricardo: 'Yes, yes, yes, teringlijers, eruit!'

'Winnaars hebben we nodig, geen verliezers!' schreeuwt Bekkers. Ineens houdt hij op, zijn speech is afgelopen.

Ricardo slaat op mijn schouder. Nina kijkt naar ons alsof ze wil zeggen: praat nou maar gauw met hem, dan kunnen we weg.

'Eindelijk wordt de waarheid eens gezegd. Wat vond je ervan, broertje?' roept Ricardo.

Tien keer niks, moet ik eigenlijk zeggen. Op een of andere manier kan ik hem niet blijven aankijken.

'Het ging wel,' zeg ik. Meteen heb ik spijt. Nu denkt Nina dat ik een sukkel ben die niet eens voor zijn mening uit durft te komen. Een loser.

Ricardo wil me een flesje bier geven, maar ik sla het af. Zo te zien drinken de meesten van zijn groepje nu flink door. Veel van wat Bekkers zei, was eng geouwehoer. Waarom ben ik niet tegen ze ingegaan? De man in het mooie pak is weer bezig over zijn Germanen.

'Alle bevolkingen, alle mensen stammen toch af van de apen?' zeg ik.

Een fractie van een seconde hoor ik dat Nina kucht.

De man in pak zwijgt, hij draait zich naar mij toe en slaat zijn armen over elkaar. 'Zo, studentje, dus jij weet het beter. Jij hebt op school iets anders vanbuiten geleerd. Maar het ventje begrijpt niet dat de boekjes op school vol leugens staan. Dat er voortdurend verraderlijke leugens in dat lege hoofd van hem worden gepompt.' Met zijn wijd opengesperde ogen kijkt hij me dreigend aan. Ook Ricardo en de anderen staren me nijdig aan.

'Ze vertellen je leugens over ons volk en over het blanke ras,' vervolgt de man in pak, 'en over alle heldhaftige soldaten die hun levens voor jou en mij hebben gegeven en leugens over Adolf Hitler, de machtigste leider ooit.'

Plotseling staat er een gespierde skinhead voor mijn neus. Zijn naar voren geknikte voorhoofd is vlakbij, gaat hij me een kopstoot geven?

'Hou op!' hoor ik Nina paniekerig roepen.

Ik doe een stap terug.

'Heel verstandig,' bromt de skinhead.

Ricardo blijft bij het groepje. Als ik zijn broer ben, waarom blijft hij dan met zijn volksgenoten ouwehoeren? Nina trekt aan mijn mouw, maar de volgende spreker is alweer begonnen. Op een paar meter van het groepje af blijven Nina en ik staan luisteren.

'Er is een tijd geweest dat trotse strijders door hun heldenmoed onover-winnelijk waren en ons volk een groots, gedisciplineerd, welvarend rijk bezorgden. Zij vormden de voorhoede van ons ras.'

'Ik kan echt niet langer blijven,' fluistert Nina.

'Je hebt gelijk, we moeten hier wegwezen. Maar wacht nog heel even,' zeg ik. Ik wil even een filmpje maken. Dan kunnen Amber en Jeffrey ook zien hoe het hier gaat. Ik hou mijn mobieltje op een afstandje van mijn ogen en kijk naar het schermpje. Als ik de spreker in beeld heb, druk ik op het opnameknopje. De man draagt een zwart T-shirt met in vlammende letters *Nationaal Verbond* erop. Zijn hoofd is rood aangelopen.

'Het buitenlandse vergif,' schreeuwt hij, 'heeft zich al te zeer verspreid onder …'

Hé, welke klootzak slaat ineens mijn mobieltje uit mijn hand?

'Heb je niet gehoord dat alle telefoons uit moeten?' Een kerel met een zwarte band om de bovenkant van zijn kale hoofd duwt tegen me aan.

'Donder op, man. Ik bel toch niet,' fluister ik. 'Ik film een minuutje. Niemand heeft er last van.'

Het mobieltje ligt onbeschadigd, zo lijkt het, op de grond. Ik wil het oprapen, maar plotseling stampt hij er met zijn laars op.

'Doe even normaal, man!' Met mijn schouder probeer ik hem opzij te stoten, maar hij beweegt nauwelijks. Een paar jaar geleden vocht ik regelmatig, ik ga een knokpartij heus niet uit de weg, maar er zijn meer kerels die zich ermee bemoeien. Ook de skinhead die al eerder met een kopstoot dreigde. Waar is Ricardo?

'Niemand filmt hier! Opflikkeren!' sist de skinhead.

Met hun gespierde armen en schouders drukken ze zich tegen me aan. Ik loop zo rustig mogelijk naar de uitgang. Ik krijg geen kans om te kijken waar Nina is, maar ik hoor haar vlakbij roepen: 'Laat hem toch met rust!'

Bij de uitgang vinden die kerels het nodig om nog eens extra hard te duwen. Mijn gezicht knalt tegen de deurpost.

'Opzouten,' schreeuwt de portier. Een por tegen mijn ribben. Buiten wankel ik even, maar Nina ondersteunt mij bij mijn arm.

'Laat maar,' zeg ik, 'het lukt best.'

Ik haal mijn fiets uit het stampvolle fietsenrek.

Voorovergebogen hoest ik zowat de longen uit mijn lijf. Het doet zeer door de druk op mijn ribben. Lullig voor Nina, maar het liefst blijf ik even staan. Alleen maar ademhalen. De frisse lucht opsnuiven.

'Misschien kunnen we beter gaan lopen,' zegt ze.

Met mijn handen aan het stuur en mijn fiets tussen Nina en mij in slenter ik over de stoep.

'Ricardo zegt steeds dat hij mijn broer is. Waarom stak hij dan geen poot uit?'

'En dan?' vraagt ze. 'Een vechtpartij?'

Ik laat mijn voorwiel de stoeprand op wippen.

'Je vond er niks aan, hè,' zeg ik.

'Jij wel dan?'

'Natuurlijk niet.'

Verborgen in een struik zit een kat naar ons te loeren. Ik stamp een keer op de stoep, ze schiet weg.

Nina en ik blijven in hetzelfde langzame tempo langs de struiken lopen.

'Sorry,' zeg ik.

'Waarom?'

'Nou gewoon … door mij was je daar.'

Ik blijf staan. Met mijn hand betast ik de zijkant van mijn gezicht, mijn kaak doet pijn.

Wat doet ze nou? Nina buigt over mijn zadel heen. Ze kust mijn kaak. Tegelijkertijd komen mijn lippen tegen haar wang aan. Langzaam laat ik ze naar haar zachte, warme mond schuiven. Zo lang mogelijk probeer ik ze daar te houden.

HOOFDSTUK VIER

Opnieuw kan ik niet bedenken wat mijn oom van me moet. Waarom wil hij me spreken? Heeft het met Amber te maken? Wil hij ook, net als tante Petra, dat ik niet te close met haar ben? Belachelijk, Amber heeft al twee jaar verkering en Nina en ik hebben dat sinds kort ook. Nee, zo kleinzielig is oom Maarten niet. Hij is altijd aardig voor me. Ik kan me niet voorstellen dat hij moeilijk gaat doen.

Bij zijn huis is geen enkel teken van leven. Amber speelt in elk geval geen piano. Zit ze op haar kamer?

Gewoon aanbellen.

Mijn oom doet open. 'Dag Niels, kom erin, jongen.'

Ik volg hem naar de woonkamer.

'Wil je wat drinken?' Hij schenkt een glas vol. 'Ga zitten, Niels.'

Ik loop naar de luie stoel naast de bank. 'Is Amber er ook?' vraag ik.

'Amber is bij haar moeder.' Hij zakt op de bank. Ik staar naar zijn ernstig gezicht. Is er iets mis? Is er een reden om een klam voorhoofd te krijgen?

'Ik wilde je eens alleen spreken. Dat komt er eigenlijk nooit van,' zegt hij.

Wat moet ik zeggen? Ik neem een slok. Waarom kijkt hij me zo strak aan?

'Om maar met de deur in huis te vallen: ik heb gehoord dat je Ricardo hebt gezien.'

Ik knik.

167

'Wat moet je bij hem?' vraagt oom. 'Je weet toch hoe hij is?'

'Dat verhaal ken ik nou wel. Ik weet heus wel wat ik doe.'

'Is dat zo, Niels?' Oom Maarten schudt zijn hoofd. 'Hij is nog niet zo lang uit de gevangenis en je bent alweer beste maatjes met hem.'

'Helemaal niet!'

'Wat heb je dan bij rechts-extremisten te zoeken?'

'Niks.'

'Nee, maar hoe kwam je dan bij ze terecht?'

'Van wie heb je dat?'

'Doet dat er wat toe?' Oom strijkt zijn haren verder naar achteren. 'Amber heeft het verteld. Gaat alles nu weer van voren af aan beginnen?'

'Ricardo is mijn broer.'

Nu wordt oom ineens fel. 'Zoek je een broer? Gaat het daarover? Riskeer jij je leven omdat je familie nodig hebt, Niels?'

Plotseling ligt mijn hele armzalige leven voor mijn voeten op de grond. Inderdaad, ik zoek iemand om bij te horen. Iemand die mij de kracht geeft om verder te gaan met mijn leven. Nog even en ik ga huilen.

'Jongen toch.' Oom trekt me naast zich op de bank. 'Ik ben toch je familie. Amber en ik, je hoort toch bij ons?'

'Daar heb ik anders weinig van gemerkt,' zeg ik. Er slaat een golf van woede over me heen. 'Jullie waren verdomd blij dat jullie van me af waren. Dat mijn vader me kwam halen.'

Oom schudt zijn hoofd. 'Je vader had nu eenmaal de eerste rechten. En je tante wilde jou en Amber niet te dicht bij elkaar laten komen. Ze was bang dat jullie, nou ja, je weet wat ik bedoel.'

'We mochten niet van elkaar gaan houden,' zeg ik.

Hij knikt. 'We hebben je opgeofferd aan onze angst, aan het fatsoen. Maar het is nooit te laat, Niels. We beginnen opnieuw.' Hij staat op, loopt naar het raam, steekt zijn handen in zijn broekzakken en staart naar buiten.

Hij keert zich weer naar mij toe. 'Hoe is het thuis? Kunnen jij en je vader en zijn vrouw een beetje met elkaar opschieten?'

168

Wat is slim om te antwoorden? 'Gaat wel,' zeg ik.

'Ik heb wat anders gehoord, Niels. Jij mag vinden dat het best goed gaat tussen jullie, *zij* vinden van niet. We willen dit binnen de familie oplossen.' Hij haalt zijn handen weer uit zijn zakken. 'Daarom heb ik een voorstel, jongen. Ik zou graag willen dat je hier komt wonen, bij mij. Laat mij nu eindelijk weer je familie zijn.'

Nu niet meteen al te enthousiast toehappen, anders verandert hij misschien nog van gedachte. Op de tv staat een ingelijste foto van mama die ik zelf niet heb. Oom en ik kunnen misschien foto's van haar uitwisselen. Niet alleen in mijn toekomstige kamer, ook op andere plekken in dit huis zal ik mama's foto tegenkomen.

'Lijkt me prima hier,' zeg ik. Een licht gevoel in mijn buik, het zou wat zijn. Geen gezeik van papa en Tara meer aan mijn hoofd. Weer naar mijn oude school, misschien wel in dezelfde klas als Rens en Joris. Om het weekend op zaterdag en zondag Amber op bezoek. En Nina die in de buurt woont.

'Je krijgt, om het zo maar te zeggen, een nieuwe kans.' Oom Maarten doet een stap naar me toe. 'Maar dan wil ik dat je niet meer met Ricardo omgaat.'

Ik aarzel. Blijft alles bij het oude? Gaat nu alweer iemand de dingen voor me regelen?

'Als ik hier kom wonen, zul je me moeten vertrouwen,' zeg ik.

Hij knikt. 'Je hebt gelijk. Zo gaan we het doen.'

HOOFDSTUK VIJF

Sinds de laatste keer dat ik er was, is mijn oude wijk weinig veranderd. Ik loop over de stoep. De huizen waar ik langs ga, lijken me nog te kennen. Het is of de ramen naar me kijken en denken: vroeger toen hij door deze straat kwam, was het nog een jongetje. De roddels zijn dat hij een hooligan was, een taakstraf heeft gekregen en zich heeft ingelaten met een racistische groepering die zelfs Hitler bewondert. Je kunt het je niet voorstellen als je ook zijn moeder hebt gekend. Ik doe mijn ogen dicht. Langzaam loop ik in een zo recht mogelijke lijn vooruit. Ik heb net gezien dat er niemand op de stoep was, dus ruimte genoeg om gewoon door te lopen. Net als een postduif ga ik de goeie richting op, dat weet ik zeker, ik ken mijn doel. Omdat mijn ogen dicht zijn, loop ik heel geconcentreerd. Ik bots nergens tegen en mijn voeten komen niet buiten de stoeprand. Toch sla ik na een paar minuten, zonder dat ik het wil, mijn ogen weer op. Ik ben bijna aan het einde van de straat. Nu linksaf. Daar, ons huis dat ons huis niet meer is. Stoppen. Gewoon wachten tot mama komt. 'Ha, die Niels,' zal ze dadelijk zeggen. En dan met haar naar binnen gaan en elke kamer in zijn oorspronkelijke staat herstellen. Mama is heus niet perfect, maar ik ga nooit meer bij haar weg. We zullen ons opsluiten. Ik kom het huis nooit meer uit.

'Hé, knul, wat ben je aan het doen?' roept een oude, vreemde vrouw uit het raam. 'Is er wat te zien? Ik zou maar eens ophoepelen als ik jou was, anders bel ik de politie.'

Oké, maak je niet dik, ik ga al.

De straten zijn leeg. Ik wou dat ik iemand tegenkwam die me tegenhield, iemand die me nog kent van toen ik in deze wijk woonde en die wil weten hoe het met me is. Je niet zo aanstellen, man! Gewoon doorlopen.

Ik passeer de middelbare school. Leerlingen stromen naar buiten. Sommige gezichten herken ik vaag. Ik wou dat de tijd zo'n twee jaar lang uit had gestaan. Dat het gewoon is als ik hier naar school ga. Dat ik over een paar weken geen *nieuwe start* hoef te maken. In een van de lokalen op de eerste verdieping staat een meisje voor het raam. Ze heeft in mijn klas gezeten, Ilona heet ze. Ik zwaai. Ze verdwijnt meteen, om een paar seconden later op dezelfde plek achter het glas naar me te wijzen. Schouten, de leraar Engels, en andere jongens en meisjes staan met hun neus tegen het glas naar me te staren. Ook Rens en Joris. Schouten gebaart naar de anderen dat ze weg moeten gaan. Shit, kom ik ooit nog van mijn slechte naam af? Misschien moet ik maar een spreekbeurt over mezelf houden of zo.

Ik kijk op mijn horloge. Over een kwartier heb ik afgesproken met Nina, Amber en Jeffrey. Als ik langzaam loop, ben ik precies op tijd.

De zon gluurt net onder de rand van de parasol door. Ik verschuif mijn stoel, zodat mijn gezicht weer in de schaduw is. Het terras is helemaal bezet. Blijkbaar geniet iedereen vandaag van de zon. In de straat waaraan het terras ligt, wordt het hoe langer hoe drukker.

'Daar, die jongens, zulke exemplaren zie je niet vaak.' Amber stoot Nina aan en knikt naar de straat.

Nina komt even op een gespeeld enthousiaste manier overeind. 'Wow, echt leuke jongens!'

'Net zo leuk als wij? Dat kan gewoon niet.' Jeffrey kijkt lachend naar mij.

Hij drinkt zijn glas leeg. 'Is het cool om bij je oom te wonen?'

'Relaxte vent. Hij is tenminste recht voor z'n raap,' zeg ik. 'Alleen die kookkunsten van hem, echt een ramp.'

Amber lacht. 'Altijd alles aangefikt. Blij dat ik nu elke dag normaal eet. Mam kookt altijd. Ben benieuwd hoe dat zal zijn als ik op het conservatorium zit. Dan moet ik zelf koken, of samen met andere studenten. Ik ...' In haar enthousiasme vertelt Amber dingen die ze al eerder heeft gezegd. Op zichzelf wonen in een studentenhuis, dat is het blijkbaar helemaal, dat weten we nou wel. Er was een tijd dat ze haar buik vol had van pianospelen, maar dat is allang weer vergeten. Ze weet duidelijk wat ze wil. Ik wou dat ik dat voor mezelf ook wist.

Amber, Jeffrey en Nina moeten plotseling ergens hard om lachen. Ik heb het grapje niet gehoord. Vroeger zou ik waarschijnlijk toch een beetje hebben meegelachen. Doen zoals mijn vrienden, om niet het risico te lopen dat ze me laten vallen of dat ze zich tegen me keren. Maar daar ben ik nu niet bang voor. Het is of Nina mijn gedachten kan horen, met haar duim streelt ze een paar keer over de rug van mijn hand. Uiteraard laat ik mijn hand roerloos op mijn bovenbeen liggen. Dan legt ze haar hand erop. Het is of ze wil benadrukken dat ik niet alleen ben. Drie echte vrienden, dat is meer dan ik ooit heb gehad.

'Ah, shit!' roept Jeffrey uit. In zijn opgeheven hand zit een zoutvaatje. De dop en zowat al het zout van het vaatje liggen op zijn uitsmijter.

Nina giechelt. De zon schijnt op haar achterhoofd, lichtgeschitter omringt haar donkerrode haar. Door dat licht om haar heen ligt het voor de hand om haar als een soort engel te zien. Normaal is het te stompzinnig voor woorden om zoiets te denken, maar nu het om Nina gaat, is het best wel toepasselijk. Wie valt er nou op een sukkel die zo veel stomme dingen heeft gedaan? Bij haar was het voor het eerst dat ik een meisje zoende zonder me af te vragen hoe het zou zijn om met Amber te zoenen. Ooit had ik met Amber een moment een gevoel van maximale blijdschap. Tijdens mijn verkering met Nina heb ik niet zomaar één moment, maar al verschillende keren minutenlang dat gevoel gehad. Minuten waarin ik me nergens zorgen over maakte. Al zou ik zo'n vreselijke ziekte krijgen als mama, of dood neervallen. Die paar minuten wogen tegen alles op.

172

Alsof ik altijd bedekt was geweest door stof, dat plotseling van me af werd geblazen. Open en helder en vrij van alles, zo ongeveer was dat gevoel van maximale blijdschap. Klote, waarom kan ik het niet zelf terughalen zoals het was?

Jeffrey staat op. Met een hand boven zijn ogen tegen de zon tuurt hij naar het eind van de lange straat. Daar lopen mensen snel van de ene naar de andere kant. Ook komen er steeds meer onze richting uit hollen. Met geschrokken en paniekerige gezichten passeren ze ons terras.

'Wat zou daar aan de hand zijn?' vraagt Jeffrey.

Het rumoer aan het einde van de straat neemt alleen maar toe. Het lijkt op een opstootje.

'Ga even kijken.' Jeffrey stapt van het terras af.

'We zijn zo terug,' zeg ik tegen Nina. Vlug haal ik Jeffrey in.

Even later lopen ook Nina en Amber naast ons over de autovrije straat.

'Wow, sensatie!' roept Amber spottend.

Hoe dichter we bij het einde van de straat komen, hoe meer mensen we passeren. Of ze vluchten weg, of ze steken nieuwsgierig hun nek uit om te zien wat daar rechts gebeurt. Het gegil en geschreeuw dat boven het rumoer uit komt, klinkt alsmaar harder. We zijn er bijna. Zo te horen is het niet zomaar een opstootje, maar zijn er tientallen, misschien wel honderden mensen voorbij de huizen aan de rechterkant.

'Doe niet zo stom, jongens,' roept een vrouw, 'ga alsjeblieft terug!'

Mijn hart bonkt. We lopen de hoek om. Een dicht op elkaar gepakte menigte. Op verschillende plekken wordt gevochten. Politieagenten op paarden proberen twee groepen uit elkaar te drijven.

Hier en daar steken borden en spandoeken boven de massa uit. *Nooit meer fascisme* en *Vrijheid voor IEDEREEN*, staat erop. Een eind verderop, het is moeilijk te lezen: *Eigen volk eerst* en *Moskeeën nee* en *Nationaalsocialisme nu.*

Een skinhead hakt met zijn bord op een paar jongens in. Marcherende rechts-extremisten scanderen: 'White power!' Ze gaan recht op jongens af die baseballpetten dragen of capuchons over hun hoofd hebben. Die gooien straatstenen en sommigen proberen met stokken een gat te slaan in de stoet skinheads. Rake klappen. Nina knijpt in mijn hand. Een paar meter verderop heeft Jeffrey zijn arm stevig om een huilende Amber geslagen. Aan de overkant van het plein stuift water als een fontein hoog de lucht in, blijkbaar botst er een straal water van een waterkanon tegen de demonstranten aan. Een blonde kerel schopt met de stalen neuzen van zijn laarzen een buitenlandse jongen in zijn rug. Dichterbij drukken twee agenten een skinhead op de grond. Ze boeien zijn handen op zijn rug en voeren hem af. In de vechtende menigte is daar ineens het gezicht van Ricardo. Verbaasd, verbijsterd kijkt hij mijn kant uit. Ziet hij mij? Zijn blik lijkt te zeggen: blij je weer tegen te komen, broertje. Waarom heb je me in de steek gelaten? En dan nog wel nadat ik altijd mijn best voor je heb gedaan. Door mij ben je van een mietje een gozer geworden die wat kan. Waarom laat je je nu weer inpakken door zo'n dom grietje? Waar ben je nou mee bezig, man? Je staat aan de verkeerde kant, sukkel.

Hij krijgt een fikse beuk. Wild slaat hij om zich heen, druppels bloed springen van zijn hoofd af. Enkele gasten rammen met hun hoofd voorover tegen hem aan.

Ik laat Nina's hand los. Even heb ik de neiging om naar hem toe te rennen.

Ik hoor haar stem, maar geen woorden. Mijn handen worden vuisten. Zo veel adrenaline, zo veel energie. Ricardo's hoofd is nog steeds rood van woede en bloed. Met gefronste wenkbrauwen slaat hij op iets waar ik alleen de zwarte jas van zie.

Ik aarzel. De stem van oom Maarten flitst door mijn hoofd: *Misschien heb je bij je moeder niet altijd helemaal de kans gekregen om te ontdekken wat je kunt. Wie je bent.*

'Terug!' schreeuw ik tegen Nina. Ik pak haar vast en trek haar mee. Slalommend langs toestromende mensen gaan we naar links. Gegil. Woedend gegil. Vlak bij ons. We stoppen. Nina wijst geschrokken. Door een wirwar van ruige figuren heen zie ik een meisje van een jaar of vijf op de grond liggen, en ook een jonge vrouw. Op zijn knieën zit een agent naast het meisje. Omstanders – zij zijn het die zo gillen – proberen een dringende en vechtende menigte van de drie af te houden.

Dit kan ik. Samen met Nina kan ik alles. We kijken elkaar aan, we hebben geen woorden nodig. We rennen naar de vrouw en het meisje en gaan meteen tussen de mensen voor hen staan. Ik maak me zo breed mogelijk en duw de menigte terug.